名古きよえ詩集

Nako Kiyoe

新・日本現代詩文庫
116

土曜美術社出版販売

新・日本現代詩文庫　116　名古きよえ詩集　目次

詩篇

詩集『**窓べの苺苗**』（一九九四年）抄

詩集『**目的地**』（二〇〇一年）抄

未刊詩篇

エッセイ

解説

詩篇

詩集『てんとう虫の日曜日』（一九八二年）抄

白いバラ

泣きやんだ子どものように
露を含んで
草むらの上に　一輪だけをのせている
白いバラ

近よって　腰まである草を引きぬくと
光の差しこんだ根もと
こげ茶色の太い棘が連なっている

痛みが走って
手を引いたとき　血の玉がふくらみ
土の上へ　落ちた

春から　梅雨へ
旱魃《かんばつ》のひどかった夏も
植えたことを忘れていた

バラの苗は　独りで草むらを泳ぎ
日蔭の細い茎をのぼりつめて
こぼれそうな白い花びらで
香りを放っている

かりそめの　やさしさを振り払われて
佇む土の上
指の先から
暮れていく空の中へと
私は
痛みながら
しずかに

ひろがっていく

皿

皿は
始めから
壊れるときの
華やかさを知っている

―飛び散った破片を拾う　指のかなしさも―

陶工の魂もぬけるほどに
洗われて
壊れなければ
いくど使われても
盛られる物になじむ

倦怠を越えた持続は
厨房に立つ女《ひと》の
ぬれた手から
したたかな愛へとせめぎ

狂ってはいけない
日々のセレモニーのために

―受けて　受けて　受けて
そして―

あとには　何も残らない

一切　落下の
その時まで
夜は　重ねられ

自からの重みをも　忘れている

桜

桜
桜は　あこがれている人に嫁ぐ
娘のしあわせ
長い冬を見送り
固く黒ずんだ枝に
ほほえみの真綿を降り掛けている

桜
桜は　空と土との約束
移り気な　人の世から眺めていると
羨しくなる
やさしい握手

無辺の所で　確かめ合って
薄紅色の含みの中で
〝ひらいた〟よろこびに
汗ばんでいる

家

引越と決めた日から
家は
耳や目があったかのように
異常な沈黙を始める

掃いたり　拭いたり
開けたり　閉めたりの
日常は少しも変えていないのに
ただの囲い

ただの空間となってしまう

日当りの悪い
小さな庭にも　長年の手入れで
花咲いた木
石垣に広がって
春一番に匂った　紫すみれ

産湯の香り
子供の諍い
夫婦の対話
テレビやミシンの音を
聞いたはずの
家
が
もう　さめた人のように
じーっと　出て行く日を待っている

思い出を荷物の中へ
がらくたもトラックに積んで
窓と云う窓には錠を掛ける

再び会うことのない玄関のドアーに
「空家」の札をぶらさげる
と
家は　その夜から
動かない空気を抱くのだろうか

住んでいた者の背中が
壁の中で羽化する

りんご

続く残業で
かすんだ目をこすりながら
夜道を歩いていると
突然　闇のスクリーンに
頭をかじられたりんごが浮び
無口な少女のように
目を伏せて近づいて来る

赤いりんごの
皮ごとがぶりとやった経験は
誰にでもあるのに
今　歯型をつけたりんごが
いつからか
私の負っていた無二の
影
だと知ったとき
甘ずっぱい果汁に似た叫びが
体じゅうを揺する

幾年を経ても
しゃぼん玉の　ふくらみを見つめるような
熟さない
あこがれの心は
私の育つ過程で
無意識のうちに付けられていた
傷のせいだろうと
残業に耐えている
今日も含めて
それは

未来の別な傷となるかも知れないのに
すっかり終ってしまった
一日の狭間で
腐らない　傷は
愛のように
汁をにじませて
私の中に　座っている

角《かく》

校舎を
真上から見た平面図を
トレスする仕事は
角と線の組み合せで
内部の出合いでなかった
きょう一日

校庭のプール・ブランコ
すべり台
子どもの声が聞こえそうな
砂場さえ
点と線で
景色ではなかった

一枚の紙が
ゆっくり裏がえるときの重さで
ドアーの外に出ると
もう　すっかり日は暮れ
ビルディングが　互いの面をのけぞるように
伸びている

境界は
コンクリートの爪で

歯止めされ
雪の降り積る　音を秘めて
固まっている

組み上げられた
角の翼は
月夜にも暗く
ガラスの粒子のように
降っている
消えた人の手足

西日の照る部屋で

つゆの雨雲が切れると
夏空は　いきなり強い光りを降りそそいでくる

仕事部屋の六枚の大ガラスは
冬の　あの木枯に冷え切ったことを忘れ
際限もなく熱していく

クーラーが連続　急冷で回転していても
午後　二時　三時　四時と
太陽はガラスを斜に這い

机や紙　定規やペンの裏がわまで火照り
無口な私たちは　なお一層無口になって
仕事の流れを泳いでいく

熟した時間が
まだ沈まない太陽と抱き合うとき
乳房の谷の汗を　ぬぐい
暑くても　暑いと言わない
たがいの無口を　静かに守りながら

幾夏も越えて来た
そして　ことしも　また――

猫

「猫が　病気をしましたので」
と　かの女が休んだ

めったにない
二日続きの欠勤の「場」に
春の日差が　明るんでいる
猫は　まもなく死んで
人と同じように僧侶を呼び
葬られたと聞いた

仕事一すじ　二十年のかの女は
父親と二人暮し
十二年いた猫の　毛並や
甘え方など
笑いながら　声をはずませて
話してくれた

若い同僚と打ちとけた一時
涙が　キラッと光り
笑いすぎて泣けたようにぬぐう
やわらかそうな手に
逝ったはずの　猫が
いる

てんとう虫の日曜日

じゃがいもの収穫のあと
玉蜀黍が　背を伸ばしている畑
トマト　茄子も花をつけている
冷夏の長雨で
土から湧いたのではないか
と思うほど
葉にくっついている　てんとう虫

かん詰の　空かんに水を入れ
てんとう虫を　つまんではほうり込む
逃れようと　鈍い羽音をたてて
隣りの葉裏へまわるのを
つまみすぎると　黄色い汁を出す

雲に遮られて
ほどよい暖かさの光を背に受け
私は
てんとう虫を取るのに
遊びに似た快感を覚える
小さな恐怖を追う
私の手は
あまりにも　大きい

夕方
何気なく　外へ出ると
終っているはずの　てんとう虫が
かんの中で　半ば沈み　半ば足掻き続けている
私は　土の上へ
一気に　かんを伏せた

散らばった　虫の白い腹が
街灯に照らされている

害虫だから　殺す
敵だから　殺す
そのときどきの理由をつけて……

快感をそそるほどの　正当さ
何という
意外な　殺意

壺（八木一夫氏遺作展より）

まあるく
保たれているはずの壺に
ぽっかりと
穴が　あいている

そそいだ物の
あとかたもなく
保つために
うっ血した　赤黒い思念の
厚みもなく

初めから
そうであったように
光を通している

手や
耳や
目では　わからない
人の世の　亀裂に落ちて
闇に慣れてから

届いてくる
死角の穴

心に風が止んだとき

木々は　言葉を持っていない
人間は　言葉を持っている

愛が　言葉を
怒りが　言葉を
ことばが　言葉を
人間は　言葉を着ている

青葉の五月に　散っていく木の葉を見た

言葉だけの
言葉があることを
昨日　はじめてのように知った

言葉が　木の葉に見え
木の葉が　言葉に見え
人々の落した
タバコの吸いがらや紙屑が
生きものに見えてくる

木々は
言葉を持っていないが
風と共に　音を持っている

人間も　たまに　石になるときがある

言葉をなくして

ビルディングの谷間
アスファルトの上
閉じこめられた人間の声が
飛んで行くのを見るときがある

こと魂の礫のように飛んで
風の道に
青い火を残し

倖せの保証は　どこにもない

昨日までの　つつましい生活を　におわせる額
昨日までの　夫や子どもに語りかけた　柔和な口
昨日までの　生きた光を保っていた　大きな目
私は
うら若い　母親の顔を写したグラビヤの表紙を見
ている

昨日まで
ほほえみを持っていた柔いほほに伝わっている二
筋の涙
とめどもなく流れた涙は　鉛色に光っている
人間が　人間を虐殺し
人間の耕し育てている田畑を踏みにじり
人間の暮しに　なくてはならない家を焼き払って
行った
生き物の気配すらない土の上に
生き残った女が一人　灰色の目をして
遠く　さみしい所を見ている
膝の上には　死んだ幼い子が
蠟人形のような顔をして　横たわっている
もう　乳をせがむことのない　小さな口
母親を見上げて笑うことのない　閉じられた目

女は　もう　声もことばも持っていないのだろうか
女は　もう　立って歩くことを
忘れてしまったのだろうか
夕闇がせまって　焼けた戦車が
黒い骨のように　大地につきささっている
このまま女は　空を見つづけているのだろうか……
涙が　細い川になって地球をぬらしている

私は今は
こんな平和な国にいて
家や職を持ち　子どもや親もいて
本屋には　本があふれ
市場には　食品があふれ
街には　人があふれ

私は今は
こんな豊かな国にいて
この女《ひと》に　灰色の川を渡されたまま　かなしい水の音を聞いている
私は　今夜　彼女に何がしてあげられるだろう
同じ　地球の上にいて
私は　今夜　やわらかいベッドの上で
彼女のために祈ったとしても　何が伝わるだろう

明日　彼女は立ち上るだろうか

こんな静かな夜に
かの地から　細く長い　涙の川が
泣き声を　しのばせて　伝わって来る

兎

銀色の穂が出ている
すすきの原で
白兎を見つけた

兎は
背中をまるめ
静かに　息づきながら
じっと　私を見ている

わたしも
一メートルほどの近くで
兎を見ている

春の月のように
暖い光線が
兎とわたしを包み
銀色のすすきの穂は
一せいに静止している

かつて
わたしの暗い樹林で
立ち止った動物たちは
爪先をひるがえすと
光のように駆けぬけて行った

獣のやさしさにひかれて
追いかけて行った分
いつも
とり残されていた

けれど
いま
わたしの見ている兎は
安らぎ
満ち足り
他の兎と比べようもない姿で
誰かの　使者のように
わたしを見ている

はじめから　ガラス戸の中の
陶器であることを忘れていた
陶工の悲願と
技巧のふくらみに誘われて
わたしは　兎を抱いていた

コツ　コツと人の足音のするなか
会場を出てから
ふと　胸に手を当てる
兎の息づきが伝わっているのだ
わたしの空洞《うつろ》に
小さなあたたかい　かたまり

約束

約束された生を
鳴きつくすのが
蟬の約束
やがて死骸《むくろ》は
風に吹かれ
一匹の蟻が運び去って行く
軽いユーモアのように

約束された　私は
家守り
笑顔を壁に懸け
家と云う形に
自分を装っている

狂うことは許されない
梁を抱くことも許されない
私の死骸《むくろ》は
畳の上に落ちる

私は
いつも　過去の泡《あぶく》をすくい
未来の器に浮かせている
私は
いつも　ネズミと仲よくしている
だから

振りむくと　私の死骸《むくろ》はない

冬になると
北風が吹いて
家の梁をきしませ
行き迷った女の着脹れを
泣くと云う

もう　泣くことの嫌いな私は
外へ飛び出し
北風に皮膚をしごかれる

樹木が体ごと風にゆれているように
しごかれながら走り
暖まることは
衣を一、二枚脱ぐことなので

私は
蟬のように
家の柱で　笑う

やがて
約束を守られた家は
軽くなった私を
窓辺へ誘うだろう

放たれて　一休みする窓ぎわ
日暮し蟬のように
風や光に透ける羽を持っていたい

ファレノプシス（こちょうらん）

草の渦が　光と闇を　かきまぜるように
人の心の　うねりから
迷い出て
秋の庭へ　飛んで来た
こちょう

深緑の細長い茎に
扇形に広がり
ときたての絵具のような黄色で
四、五十匹は連なっている

二十日経っても　一月経っても
色褪せないと云う
水をそそいでいる　おじいさんに
名を聞いたら
ファレノプシス　と
本当の名を教えてくれた

蝶に適《かな》う人がいて
白い指で　触れたら
一ぺんに　空へ舞い上るだろう

やさしい風に吹かれて
秋の日溜りで
清らかな生命を
呼吸している

詩集『**蓬の中で**』（一九八五年）抄

蔦

だれかに呼ばれ　だれかに促され
耳をあげたら　手を広げ
ひたすら伸びることしかない
揺れながら　うたい
払われて　よじれ
空模様を映す若葉

さみしいから　花をつけ
答えたいから　両手を流す
不意の鎌で切られても
火のつく舌で噴く萌黄
泳ぎながら　さがし

まわって
炎暑の風に　落ちる病葉
霜は　突然に来るのではない
色づいていく万の葉
合奏を高める葉陰の虫

冬を迎える意志は
夏に用意されている
足にからまった腕
首にまきついた指
わたしは　おまえを
おまえは　わたしを越えて
褐色の網目が霜に濡れている

憎悪

だんだん大きくなってくる石に
熱している刃を置いた

石は
チリ　チリ　チリ　と
かすかな音を出し
一ミリばかり　土を噛んだ

歯こぼれした刃の先に
涙のような雫が出て
石の上に細い線を引いた

凧

高くあがっているところへ
バランスの狂いが伝わって
流れ落ちると
針のような裸木の中だった

黒いビニールの羽に枝がささり
八の字の骨がむき出している
糸は
もつれ地面に垂れたまま

凧に乗り　雲の中をくぐった数十分
ツーンと引いていた手は
街の中へ消えた

捨てられた時間が渦まいている

家の灯は　きれいだな
洗濯物　ハタハタ　と
自動車は数珠つなぎ
みんな　あやうくバランスを保っている

女が一人来て　立ち止った
足に糸をからませて
二十年の旅から帰ったように窶《やつ》れている
木と凧と女しかいない公園
家があるのは　女だけである

ドアーをあけると
相変らずテレビを見ながら
食事を待っている家族
ゆっくり　話しかけ

ゆっくり台所へ行く
ゆっくり皿を並べる
女の背後に　風が吹いている
そして
頭に出来た　深い空に
凧が泳いでいる

動物園

回転木馬　いい
象の鼻　チンパンジィのぶらんこ　いい

親子づれ　老夫婦
若い娘たち
色とりどりの服装で
語りながら　歩いているのは

もっと　いい

家からやって来て
遊び疲れて　家へ帰って行く
根に連なっている暮らし

わたしにも
しずかな居間と台所が待っている
夫や息子の顔も　浮んでくる
帰る所へ　帰れるのは　いい

草の中に落した耳

深まる秋の夜
草の中に落した　わたしの耳は
虫の合奏に　うっとり聞きいっている

その奥の細い回廊を渡って行くと
白いタクトが　キラリキラリと光って
虫の声をかきまぜている

　チィーィ　チィーイ
　ジュリ　ジュリ　ジ——
　リリリリリリリ……リ

猛り狂う生命のるつぼ
いく種類もの声がまざり合って
過ぎていく季節を叩いている
「はやく　今のうちに
　もっと……」
タクトが虫の背に触れるたびに
喜び
せせり合い
産卵する
草いきれの中の欲情

寒冷紗が　風に揺れながら降りてくると
タクトは　霜に変る
生き残りの虫のかぼそい声も
やがて
ピタリ　と止む

かじかんだ耳を拾って帰る
しんしんと冷える外気に包まれ
ストーブに手をかざすと
うっとり近よる睡魔
ベッドには
あたたかい布団や毛布も
用意されていて

死角

ゆれている
空きビルのベランダに
草がゆれている
真夏の夕日を受けて　破れたスダレのようだ
繁華街の賑わいが　下を流れてゆく

向いのコーヒー館から
ぼんやり見ている男の目にも
草がゆれている
遠い田舎の
人の気配を無くした
虚ろな森
すすきや柴が伸びる
虚ろな田畑
一度は
緑の中で泥にまみれた
日焼けした男の顔に
草がゆれている

どこにでも不在はあり
いつでも交代がある
ベランダの乾いた草の薄笑い
小さな花までつけて

日が暮れると
ネオンの光りに　人々のうねりが照らされる
コーヒーを飲んだ男も
雑踏の中へ　消える

鈴を振る

人とわかれたあとの夕闇に
かかる橋を渡っていくと　川原へ出た
川面に揺れる　街の灯が
金銀に　まどろみ
木立は　うっそうと闇を深めている
石に腰をかけると
石に触れた部分だけが堅い

——おまえは　石だね
　それとも時の流れに残る最後の意志かい——

昼間　太陽熱を吸い込んで　一杯だった
夕ぐれと共に　返していく

温もりが
頭のなか　指の先まで伝わる

突然の衝撃で
真二つに割れても
どこかへ流れていっても
おまえは石だね
堅さに似合わず率直で
沈黙の内に　音を奏でる
失ったものは　星の世界に行き
心も体も
溶けるように虚ろで　飛んで行きそうだ
新しい風が吹き込む　透明な内側に
鈴の音がする
夜の深さに　冷えていく石と

壁

一枚のカレンダーをめくると
芒々とした枯野原で
狐が一匹
群をあきらめた表情で立っている
一という単位の夢を掛けた
壁の垂直に
浮いた生命

広い野を駆けぬけてきた鋼《はがね》の足
風を聞きわける薄い耳
つぶらな眼からくる一筋の光は
荒野のなかで育まれた
仕事場の動きや溜息を吸い込むように
見ている
霜もおり
いばらの薮を前にして
飢えも透けてきたようだ

予定通り日は過ぎ
月の終り
カレンダーをめくると
狐は
木枯一番手のように
コーンと　一声　壁を越えて
啼いた

入口

都会に住んでいると

昨日まで存在《あ》ったビルが
不意に壊され　跡かたもなくなることがある
土は　長かった闇を語るには　あまりにも
空間が美味しいという表情をしている
そこに
満月が　はまりこんで
人々の胸を照らすことがある
矩形や三角形の空の下で暮らしていると
急に伸びていく視線の　はずみを隠し切れないで
わあ——っ
と叫ぶ
高い建物が
何を隠していたのか
まっ赤な月と
背景の滑るような暮色に
肩のいかりをおろし

口を開いて
声を掛け合う

通りすがりのわたしも
立ち止って見知らぬ人と深呼吸をする
井戸を　のぞき込むような人々の後姿
地上に生きているもの
すべてが　争い　助け合い
近づいて行く入口は
このように
あっけらかんと広いのだろうか

三毛猫が来て
近道を見つけた顔して
走りぬけて行った

蓬の中で

深緑が閲《せめ》ぐ
母の住む山里に来て
休耕地に波打つ蓬を
かご一杯摘んだ

あの土手には桐の木が立っていた
花が咲くと　うす紫の雲が流れた
その横には　古い墓があって石がころがっていた
石は草の中で白かった
狭い荒地に蓬の葉が波打つ
青白いうねりの向こう
わたしに連なる女たちが
重い影を揺すりながら　近づいてくる

汗や泥にまみれ
草を刈り　稲を背負うた
おユキさん　お梅さん
過去帳にのみ名を残した人たちが
手拭で顔を隠して
四人になり　五人になって近づいてくる
わたしは
草の中へ顔を垂らし　深くおじぎをした

「家に伝わるお話」を囲炉裏ばたで聞いていた幼いころ
おユキさんは体が弱く　乳飲み子を置いて　里へ去《い》なされたという
村の入口の橋を泣き泣き渡っていったとか……
血は草になり
草は血になって生きている
わたしは　やがてつきたての餅を食う

舌を出して　風をなめた

過疎

山や畑を削って　アスファルトがついた
お盆になると　土を離れた者たちが
車で日帰りをする
土に生きている兄さんは
ふだん使わない部屋まであけ放ち
夕方になると
「みんなに　松明を見せよう」と
飴色の松の根を割り始めた

昔の大家族のように
にぎやかな食事のあと
家から少し離れた　お地蔵さんの前で
松明に火がつけられた
掃き寄せられた木の葉のように
顔を赤らめている縁者たち
草木の呼吸が湿っぽく匂うなか
老いた兄さんの笑っているのが珍しい
竿の先で火を吹く樹脂の華麗なほとばしり
時期を早めた行事も
祈りのように　父祖の道まで照しているようだ
縁側で老いた母が見ている

消えてしまうと
真暗な山の中
心に移った明りで　笑いころげる子供たち

黒い蝶　――須磨寺にて

宝物館の片すみに安置された
平敦盛像の前に立つと
高貴な敦盛の頬に紅がさし　微笑が浮んでいる
作者は「法力房蓮生」

戦いの後の呪文は　渦のように何世紀にも伝わる
　のだろうか
生者のぬくもりに宿ろうとする亡霊よ
今から約八〇〇年前
須磨浦の沖へ逃げようとする　平家の若武者を呼
　び止めたのは
熊谷直実　顔を見ると我が子のような少年だった
「殺したくない」

けれど血のしたたる「御首《みしるし》」は
須磨寺の庭にある　小さな池で洗われ
義経にさし出された

出家した蓮生は
敦盛の面影を木に移すことで救われたのだろうか
勝った方が　迷う
心の痛みでノミを振るった分だけ
木は肉であり　声を宿しているようだ

わたしは
青くなり　宝物館を出た
夏の陽ざしのなか　首洗池の方へ行くと
スカートにまつわるように飛んで来た
黒い蝶が　水を吸いはじめた
黒いビロードに　黄色い斑点

人知れず生きている
蝶よ
私も生きている
今も
地球からたちのぼる　戦いの煙を吸いながら

雫

庖丁や野菜を洗うため
いくどとなく開け閉めする　蛇口から落ちる
一滴の　まろやかなふくらみに
ふと手を休める

玉の輪から広がり　波動して　深部にまで届く
その光は
眠っている人を呼びさます
誰かの手のように　一つのあたたかいリズムを備
　えている
つつつ……っと導かれて昇っていく意識に
早や　明るい空間が生れ
わたしの肉体《からだ》は軽く抱かれている

ありのままの台所の什器の中にいて
焦点の決った　光る場に住めば
フキンを洗うこと　肉を焼くこと　皿を並べるこ
と
数かぎりなく　くり返すこと
すべてが
わたしのありかとなり
連なり　とけて
子どもの上機嫌なリズムに似たものが生れる

ようこそ

ああ　ようこそ
いとしい人の視線を浴びるようではないが
静かな位置の
ただ　ただ
今のいま　生きているわたしの一雫
過去のパターンを忘れ
諦めの習性を解かれ
指の先は　こまやかに動く

ふり返ると　家族が待っている

朝

——砂漠は　はるか彼方　南の熱帯にあるので
はない。地下鉄のなか　諸君のすぐそばま
できている——
（エリオット「岩」のコーラス）

すり切れたアスファルトの中から
飛び出す砂粒
吹き寄せられて　突然　立つ
立つ一瞬　光りに手をさしのべ舞う
舞う意識は華
あなたへと連なる

〝ここにいる　ただそれだけ〟
という空間
時と場を超えている空気の香り

砂漠色になっている街
　地下鉄の泥
　夢の爪跡らしき酒場の戸口から
煙が消え
軽く　どこまでも軽い
明るく　明るく　どこまでも広い

一粒の砂が立つのは　盲に許された光に似ている
充実した爪先から　体のすみずみにまで優しく染
　みとおる活気
この秘かな逆の流れよ
砂漠に犯されるのは　現在よりも未来なのだ
未来にかかげる灯が　どこにも見当らないことだ

アスファルトに連なる朝の街の
朝日に照らされた砂丘の彼方の　地平線よ
あなたの掌にいざなわれるままに

砂の舞は華麗だ
息づく一つの広がりになって
耐えている

視る

背中に　五本十本　ローソク灯す
七本八本　胸にローソク灯す
火照る眼
空になる頭
さらに
十本　指に火を灯す
これが　あなたを視る位置

燃えながら
真っ直ぐ上へ

あなたの意志の中で　五色の明り
旅ゆく電車も百の火　灯した
あなたの口笛が聞える
みんなこの
許されている一時

蠟涙が垂れ
真中に釘が一本残る

詩集『窓べの苺苗』（一九九四年）抄

点

あるとき　私は写真をコピーして
ルーペでのぞいていた
どこかにモアレがないか調べるだけだった
人の顔や服　まわりの風景はすべて点に分解され
黒い部分には白い点が
白い部分には黒い点があればよいのであった
点は印刷のインクを通す重要なポイント
私は　人の眉や目や口が点に分解されているのに
ほっとして　ルーペをはずした
ところで
私は　遠くからたどりついた一つの声を
やっと受け止めたのだった

点が無数により合った　人・花・あるいは家の
何と静かな　それぞれの位置よ
光も影も　大小の点になっている
私はしばらく手を止めて　空間を見つめた
人はどれだけ愛しようと
また　憎もうと
いつかはこの点に
立ち止まらねばならない
羽ばたくことも　悲しむこともなく
ただ理解することで
安らかさを与えられるだろう
私はやがて日常の一つ一つの動作に
意味を見つけるだろう

単純な贈りもの

線をひく
直線
曲線
放物線

歪みを見つけると
初めの部分から消して　引きなおす
そのほうが早くきれいに出来る
定規やペンの先を調べ　目で導いていく
数ミリ先を見ているのがよい
サーカスの綱渡りは　三十センチ先を見ていると
　いう
神経も尖ると

私自身　線である
まわりの音すいこんで
静かに伸びていく
建築・絵画・植物の線

単純なものに含まれている
人と自然の豊かな連なり
稜線
地平線
水平線
身近なものから　はるかなものへ
誰でも
人は
一つの
線をひいている

円

校庭に　円をかくときも
空に大きな　円をかくときも
心がついていく
仕事で
小さな円を　いくつも描くときでさえ
心はそれについていく

一点から出発して
初めの位置へ向かう
拮抗に負けず　なめらかに
颪のように描いて
ピタリと結ぶ
心も習って

いつのまにか　まるくなっている

高僧の一筆画を見たことがある
その人だけの　たくましい筆のあと
虚も実も含む緊張がただよう

私は仕事のため　円形定規をつかう
それでも
ペンの先に現れる心は　測られ
怒りは　勿論
喜びさえも　大きすぎると
美しい線にはならない
すこし病んでいる時のほうが
手は
自由になっている

海にむかって

線を引く仕事をして二十一年
魚のように　少し口をあけて
点から点へ
伸びる線を引く

ブラインドを潜る光のように
見え隠れする　生きた点
古びた椅子で
手の震えを整えながら
紙のうえに一時休止しているものの
点は
線になって　進んでいく

ブラインドの揺れる内側
穏やかなようで
深い人の海
窓を見るわたしの視線に
いくどか訪れる
水平線
点の尾鰭
感情の起伏を
魚にして流す
身代わりの泡が立つ

わたしは
ちいさな場所から
遠い海にむかって
無数の線を引く

暗室

写真製版を水で洗う
闇の中にいるだけで
ふだん聞き取れない水の流れを感じる

わたしは　歩きはじめると母の里に預けられた
祖父母や従兄弟のなかで　泣いた記憶はないのに
闇のこわさを覚えている
井戸のある庭
木の食器
裏口から入ると
牛小屋の　牛の目

忘れたものは蘇る機会を待っている

水が響く
わたしは　昔の薄くなった像に
水の光をむける

もし　わたしに蛇の性が宿されていたら
暗室を得て　再びわたしに住み着くだろう
もし　やさしさの種子が蒔かれていたら
今は汗にまみれていても
未来のために
言葉を探すだろう

ことばは水のよう
おいしい水や　苦い水があるように
一人　闇のなかにいると
わたしの幸せは
わたしの力だけでは無いと
気づく

窓べの苺苗

誰かが
窓べに　苺苗を置いた
白い花が散り
実が膨らんできた
いちばん若い　くに子さんは
陽にあて　水をやり
大きくなるのを　楽しみにしている

六月の風のなか
ただ一鉢の苺に
目を注ぐ職場の人達が
こんなにも気持ちを変えるのかと
わたしは目をみはる

「苺は　初めから赤い」
と本当に思っていた
くに子さんは
青い実をのぞいて
変化を知らせる

ある朝　ほんのり紅をさした実は
数日後　真っ赤になった
最初の一粒は
くに子さんの口に
入った

ピカピカの婿

新しい機械が入って来たので見にいく
クリーム色の製本機

幅6メートル
クレーンカーでそろそろ下りてくる
2年前に買ったJSの3倍の速力
重いのでセメントの台を作る

科学技術のピカピカ婿
付き添って来たセールスマンは親のように緊張している

試運転が始まる
大きな歯車に乗って
糊づけして表紙を巻いて
自動的に出来た本がポトポト落ちてくる

歯車の下から
接着剤の臭い　鼻が歪む
早速

天井に　象の鼻のようなホースをつけて
窓から逃がす

「みんな楽になるよ」
といっても
ピカピカ婿は　増産の担い手
休ませてはいけません

下ジュンビハ　アイカワラズ忙シイ

機械と言葉

カーテンの水玉もようが
陽に透けて　揺れる
機械の動いているあいだ　立っていると
声や文字にならない　わたしの言葉が
水玉とゆれる

機械は精密だからといって　音は小さくない
指で幾つかのボタンを押す
私の呼吸よりも
早く点滅する数字

よく慣れていても
改良品が出れば　買う
進歩
増産
合理化
………

3年使って　廃品となったＩＴも
鉄の大きな塊で
サヨナラの言葉もなかった

カーテンの水玉が揺れる
私の命も震える
熱した機械のそばで
陽は西に傾き
室内のライトが
商品の上に冷たく落ちる

誰も彼を助けなかった

Kの叫びが　階段をかけのぼってきた
同僚は　階段をかけおりた

分業と管理の谷間で
Kはありったけの声を出して泣き
ふと我に返ると
バラバラになった心を
木切れのように拾って　出ていった

薄利と
　量産
機械化と
　管理
を直撃する
生産の
　減少

暇な時より　忙しいほうがよい
だから
過労死もある
Kは
仕事が無いから　時間に耐える
誰も
わずかの仕事を分けられず　自分を守る

物置のダンボールの上で寝ころんで居たことがある
目を閉じていた
もう決めていたのだろう
Kはいない
後に　ダンボールが残る
陽が
そこを　傷つけている

声

声を出さなくても一日が過ぎる
声を出す練習に
歌を習う
はずかしくて
川岸を選ぶ

自由に枝を伸ばしている木々
流れを急ぐ水
草のなかで二声
橋の下で三声

少しずつ出てきた
「底のきれいな声です」
と言われ
子どものように繰り返す
それは　私のお腹から出て
空気を震わせていて
とても楽な気がする

今朝　シロヨメナの群生に出会った
小道を行くと　白い花がゆれて

誘われるように　声を出す

いのち

紙の上に這っていた　小さな虫を吹き飛ばそうと
　して
思いとどまった
肌色に透きとおった虫の　目や口は見えない
都会のまんなかでビルの五階
見下ろしているのは　ニンゲン

この夏　登った山陰の大山を思い出した
年々低くなると言う　雲のなかの頂上
白い岩や砂の谷を前に
私は　いのちの秤を見せられた

小さな虫は意外と早く机の端へ行き
私を見上げているようす
ペン先で
　これは這い松だよ
　これは七竈………
と遊ぶ

あの夕暮れ　泊まり客の少ない旅館で
窓にすっぽりはまり込んで
私を呼んだ大山は　何だったのだろう?
陽が沈むまえの　浮き立つような姿を
私は立ち上がって拝んだ
一ミリの虫も

今　私を見上げていないと
誰が
言えるだろうか

手紙

ヒロノさんは自転車でやってくる
おはよう　ナコさん！
歌うように風を切って行く
先に着いた彼女は　机に向かって仕事を始めている

若い背中に　恋のうたが響いている

一緒にインドの舞踊を見たことがある
彼女は時々　ウフフ……と笑う
「あの指　あの目　わたしもする
　あれは　人がしあわせな時にできるのよ」

インドの深さはわからない

ヒロノさんは
二年経っても社風に染まらず　元気に話す
朝　犬の散歩でこけたと
くやしがることもある

生活の大半を職場で暮らす
別れはふいにやってきた
彼女が手渡した紙きれに

「わたしは　もう歌えない」
と一行かいてある

彼女が去って　彼女のハーモニイも消えた
人が　入れ代わりやってくる
ただ　わたしが手にしたうちで
一番小さい手紙をひらくと
ヒロノさんの歌が

あいかわらず自転車に乗って
はじけるように明るい声で
きこえる

風にひびく音

風にのって
梅小路のＳＬ館から
汽笛がひびいてくる

誘われて
耳は
空の線路を走っていく
椅子に根を張っている身体
耳は自由

耳は孤独
ポッポー
行けるところまで行くわ

大阪はあっち
山陰はこっち
空とオフィスのあいだで合図する
消えていく
なつかしい音

「ＳＬ館はどこですか」
同僚に聞かれる
汽笛のなるほうを
指さす

町の静寂

下京の雪は
束の間に　消える
ビルは全体に白く
緑は
足もとの鉢植え

飛び込んできた小鳥が
バネ仕掛けのように囀って
かき消える
桂川か西山へ帰るのだろう

ビルの窓から
空を見るのが　たのしみになった

虚しいと　思わなくなって
何年たつだろう

めったに来ない鳥を
ふと　探すことはあっても

見えない星

夜空を仰いでも星は見えない
街のネオンがあまりにも明るいから
しかし　昨日亡くなったOさんの魂は
真っ直ぐ空へかけのぼったのだろう
薄くかすんだ夜空を見上げ
Oさんが荷車を引いていく姿を思い浮かべる

建築ラッシュの中を

屑集めのOさんの荷車は
重くて危うげだった
道でばったり会い　会釈しても
日焼けした顔の表情を変えなかった

決められた水曜日
会社の倉庫には必ずOさんが来た
黙々と紙屑や段ボールを片づけていた
いつもその日に
新鮮な空気がうまれた
Oさんはもうこない
倉庫に
屑が溜まっている

残暑のなか
澄みわたっていた空は
日没とともに
薄紫になり
みえない星を
さがす

雨

ビルのなかで　遠雷を聞く
窓は夕方のように暗くなり
雨が降ってくる

叩きつける水玉の
大きいのは小さい所へ走り
ふくらんで流れ
小さいのは　もうひとつ小さいのとくっつき
ガラス一面
プツプツ光り

ツーっと　流れたかと思うと
また　跳ねる

予期しない筋を
誘ったり　滑ったりして
急いでいる
いつ止むともわからない

水玉のもつ光が
寄りあつまって
部屋のなかを　やわらかく包む
全体にしずかな仕事場

詩集『**目的地**』（二〇〇一年）抄

滝

水音しんじつおちつきました
（山頭火）

わたしは
空から　大地へと
白い泡をたてながら　流れ落ちる
岩に　苔の　生えるまもなく
身の丈を計ることもできず
ただ　ただ　落下する
天が道をつけたとしか思えない
その道を
冬が来れば　　槍のように凍てつき
乾期が来れば　簾のように細る

わたしは　歌わない
わたしは　ひたすら聞いている
空と樹木の　音を

原生林の真昼

木漏れ陽に
ウスバ白蝶　たわむれ
小人は　木の下で　昼寝する
獣道に咲いた　ヤマジノホトトギス
愛嬌のあるそばかす頬に
二匹のウスバ白蝶　もつれもつれて
原生林の陽は真上

小人は　寝言をくりかえし
ヤマジノホトトギス
低く　低く　わらう

花

ふまれてたんぽぽひらいてたんぽぽ
（山頭火）

菜の花が　咲いた
モンシロチョウ　モンキチョウ
花から花へ　飛んでいる
少年が自転車を止めて　見ている
わたしは　ふと思う
人はだれでも　生まれたとき
プレゼントされた花が

心のなかに　咲いているのだと

嵐のときは　助けを求めて声を出し
旱魃《かんばつ》のときは　苦しくて涙を流す
踏みつけられたら　手をのばし
穏やかなときは　静かに薫っている

菜の花や　菫
薔薇のようなのがあるだろう
忘れていても
思い出せば
また咲きだす
胸いっぱいに　咲き匂うこともある

生まれたとき
プレゼントされたのだから

芒

恋心四十にして穂芒（放哉）

芒の穂　ほのぼのと　やわらかに
出そろい
剃刀にもなる　葉
風に　ざわめく

旅行く私は
車の内に身体を預け
流れる風景のなかにいる

なお盛んに繁茂する　芒が原
どこかにいるはずの　獣の目は

夕日に　赤いか
だから　したたかに
大地に広がり
歌う　芒
刻々と遠ざかる　旅のわたし

花になる

時を溜めたから
叫ぶの
目も口も　無いのよ
手もないから
ただ　花であるだけ
だから
人も　一度は花になれる
あとは　花を咲きつづけるだけ

　　　かうしてここにわたしのかげ
　　　（山頭火）

動

障子に映る　雪の影をみている
今　座布団に座っていることと
次に　階下へ下りて家事をする事と
五十年のつながりが　あるとしても
積もった雪を　祝福するように
ハリハリ　ルリルリ　陽がさし

高い屋根から　ドドドドッ　と
雪が落ちることと
冬さりがての　大気の動きに
百年の記憶が　あるとしても

家のなかは静かで
雪は障子に影を映しながら
微かな音をたてている

混沌

青空したしくしんかんとして
（山頭火）

いつも始まり　いつも真新しい

去ったものは去り
来るものは来る

いのちの海

受け止める腕　いなす波
願う方に　オール立てる
吸い込み渦まいて
こんとん　コットン
こんとん　コットン

広がってゆく　いのちの海

インド更紗

「海の底は静かです」と
ダライ・ラマは言われた

静かで充実した暮らしが
人間にとって一番幸せと　諭すように

ふと見れば
部屋に掛かっている薄いインド更紗が
ふわふわふわ　とゆれている
外は春嵐
窓や襖は閉まっているのにと
立ち上がり　良く見ると　わずかな隙間から
風は来ている

すきま風に動く青紫の布を
わたしはぼんやり眺めていた
襖を開けたら
更紗はもっと翻るだろう
ダライ・ラマの笑顔は言葉とともに訴える

静かな海の底は
知識と知恵で　見つけなくてはならないのだと

わたしは　更紗の素直さをみたさに
襖をしっかりと閉めた
ゆれるときはゆれ
やむときにはやむものを

ユリカモメ

橋をゆく人　悉《ことごと》く息白し
（虚子）

朝から　おはぎを作って
吹雪のなかへ　飛び出す
竹藪は　大きな綿帽子
老婆のように　頭をさげている

バスに乗って　鴨川を渡る
雪のなかで　ユリカモメは
大きく輪を描いたかと思うと　突然
飛行のルールを乱す
戯れやわがままを踏まえているらしい
リーダーの羽ばたきが眩しい

下京の姉の家に着くと
母は羽をつくろうように
過去を話す
残った薄い髪は　芒の穂のようにふわっとしてい
る
わたしは　聞いている
彼女の住み処の　早い瀬音が
遠のいてゆくのを

好物のおはぎを食べ
故郷の　良き時代を語る
着るもの　食べるもの　質素な暮らしが
なぜか活気があったと
姉と私は
母のいくどめかの話を　初めてのように聞く

日も暮れて
洛北の家へ向かうとき
ユリカモメはねぐらへ帰ったあと
鴨川の流れがネオンにきらめいている

雲の影

枝をさしのべてゐる冬木
（山頭火）

わたしの上にあなたの影が落ちて
いつまでも去らない日
わたしはあなたの色に染まりながら
水の音を聞いています

風はあなたの友だち
誘われて流れていった夕暮れ
わたしは青空のしたで
石の音を聞いています

空が晴れるのもまた悲しいのですね
空があまりにも青いのは淋しいですね
だから鳥は歌い
馬は走るのですね
わたしはわたしに影を作る

人の命　人の愛の
終わりは　重ぐるしい
あなたに慣れていなければ
大地は割れる

旅は
わたしの羽を開くとき
わたしは地上へ飛び立つ
身体一つ　そこから　生きることを
あなたの目で見ている

わたしの内側は熱く

活発に動いている
あなたがわたしの上から去らない日
生きることは〈分析と統合〉
羽がその役目をしてくれる

存在

眼つむれば若き我あり春の宵
（虚子）

ここに　居る
ここで　出会い
ここで　夢見る
ここから　出かけ
ここへ　帰ってくる

いつも　みんな仲良くと願い
それが　ときたまに
いかにもろく崩れるかを知り
深く諦めたかと思うと
また　くりかえし
なおも　夢見る

夢見た日々をふりかえり
薄い影のなかで
わたしは苦しみよりも
喜びを選ぼう
山の音ひびく　祖母の織った麻布に
しみ込ませるために

颪の鳴る日

大いなるものが過ぎ行く野分《のわき》かな
（虚子）

ヒュウーヒュウーと颪の鳴る日
家の近くで　竹藪は
大きな筆になり
字を書きつづける

（の）の字　（ひ）の字
ザワザワ　カツカツ
カツカツ　バチバチ
身をもみつづけ
颪の虜になっている

いつ止むのだろう
字が乱れ　唸りになってくる
じーっとこらえて
根も　ビシビシ鳴っている
鳥は　早々と飛んでいった

家のなかで
わたしを呼ぶ夫の声も　遠くに聞こえる
晴れた日は
静けさを象徴する竹藪の
怒り嘆きには　止めようもない
山も膨らんで　もがいている

颪さえ止めば　静まるものを

闇夜

いつ迄も忘れられた儘で黒い蝙蝠傘
（放哉）

裏山で　ふくろうが鳴いている
ホー　ホロット　カエセ
木々の闇が　幾重にもひびいて
わたしは　やわらかく目覚める

闇のなかで　ひたむきな声が　くりかえされ
しずけさが　胸にしみる
わたしだけが聞いているのではないだろう
街に近い　里山で
恋をしているのか
子育てをしているのか

かつて　人と獣が一つの闇に包まれていた時
喜びも恐怖も　樹木や大地とつながっていた
生死の秘密を　いつも身ぢかに感じていた

わたしの命の
短い軌跡のためにも
いかに多くの志があったことか
ふと　低い声で応えたくなる

フォーフフホホ　ホォー
ふくろうが　かすかに鳴いている

夜のアスファルトに

夜の河原町本通り

走行車は　稀にしかなく
黒いアスファルトを見ていたら
文字を一つ　書きたくなった

いろいろ浮かぶ文字のなかから
選んだのは
『母』という字

五本の指を　筆にして
大きく　母　と書いた
母　は　アスファルトのしじまから
空にひろがり
やわらかに　消えていった

私は　霜の降りそうな風にふかれながら
故郷を思い出した
大木につく葉の数よりも多く

私を支えた手が
背中を押してくる

みがるになって
いきよ
つかれたら
ねむれ
あすにむかって

母の平凡な願い
でも
平和は　そこから芽生えるのだ

地層は生きている

草間《くさあい》に光りつづける春の水
（虚子）

地下鉄の階段を下りて　プラットホームに立つと
耳に付いていた蟬の声は消えた
涼しい風が通り抜ける

烏丸通りの地下鉄に　四条から北山まで
初めて乗った時だった
鴨川の下を通る車輪の音が　他と違う
砂や石の軋み？
水の振動？
いやそれだけではない

「古墳竪穴住居跡」の石碑が
洛北のビルの傍らに立っている
地下鉄は古墳時代の　その横っ腹くり貫いて
分刻みで通過する

グルグリ　ガロガン　デアルデアル
グリグル　ゴリゴロ　デアルデアル
其処だけは　他と違う音がする
僅かに一分程だが
過去から　甦ってくる音

野原がここにも広がっていた
洪水が幾度もやってきた
その月日は長くつづき
牛や馬が人と共に歩いた
田畑が生まれ

旱魃《かんばつ》や虫の襲来に
貧しい生活を営んできた
その年月は長くつづいたのだった
永遠のように

地下鉄は地上の人の流れを変えた
洛北は今　店とマンションが立ち並んでいる

母の訪れ

うら盆がすぎた　居間で
新聞を見ていると
夫が　わたしの肩にとまっている
キリギリスを見つけた

みどり色の成長したキリギリスは
羽をふるわせて　新聞の端に飛んできて
まるで家族のように
わたしをジーッと見上げる

(おかあさん)とわたしは　思わず呼んだ
夫も頷いている
新聞の上から
こんどは　わたしの胸に飛んできた
わたしに何を告げにきたのだろう
故郷では
キリギリスが　梁に止まって鳴くころだ

母はもう距離や時間に関係がない
人の思惑や　肉体の老いに悩まない
その上　母は何にでもなれる
戸をしめ　冷房をしている居間へ

どこからともなく入って来たのだ
母は　わたしたちの前で
羽を震わせて　鳴いた

砂漠の石油コンビナート

われをしみじみ　風が出て来て考へさせる
（山頭火）

I

わたしは友人のスーザン・吉村に
「本当の砂漠が見たい」と時々言っていた
ある日「砂漠へ行くかもしれない」と
彼女は
かつて空港で働いた　同僚と連絡をとり
アラブ首長国連邦への旅を準備しはじめた
私たちは　砂漠の中に立つことが出来た

年に一度　降る雨の日に遭遇し
車で　砂漠を横切るときも
横殴りの雨だった
地平線は空と一つになり　一面の灰色のなかで
車から出て　砂漠を歩く
見渡すかぎり　砂
風は強く　吹き飛ばされそうだ
足下の砂は夥しい目を持っていて
所々に生えている刺のある草は
一刻もじっとしていない

空は動かず
生きているものは私たちだけかと
遠くを見れば

石油コンビナートの高い煙突から
血のような炎が　ボッ　ボッ　と吹き出している
私は屈み込んだ

――小さいけれど
　生きつづけている――
と　砂の目は　訴えてくる
私は両腕で胸をかかえて（はい）と答えた

Ⅱ

砂漠から帰ると
アブ・ダビの街に闇がおりていた
ネオンは通りを照らし　ビルや低い家々はひっそ
　りしている
その夜　D・バズさんの家に招かれ

夕食を御馳走になった
バズさんはスーザンの友人
蔓草が壁を這う　マンションの居間で
テレビもラジオも消され
話し好きな大家族のように
食べ物や　旅の思いを語り合った
日本語に興味を持つバズさんの
覚えたばかりの日本語に　話は弾んだ

バズさん夫妻と親しい日本人が
この地に多くいるらしい
招かれた日本の若い夫婦は
豪奢なマンションに住んでいると言った
その人に　私は聞いた
「石油はいくらでも出るのですか」
「無限です」
〈無限〉という言葉を私は

久しぶりに聞いたような気がした
五十年前には　美しい空気や水に包まれていたの
　だった
無限を確かに意識した時があった

わたしは
なんと（無限から遠ざかっていることか）と
つぶやいた
砂の眠りで
しめやかな闇が　私たちを包んだ

牛馬が走る
――ゴビ砂漠の夕暮れ――

短い草を食んでいた牛が
一頭　走りだすと
群れていた牛がつぎつぎに走りだし
馬も首をあげて走る
動物の大移動だ
砂漠の胎動だ

牛を追い越す馬
馬に負けじと　もんどり打ってゆく牛
わが家をそれほどまで記憶しているのか
子供のように飼い主の元へ帰る
動物の温かい魂よ
空はいつの間にか灰色になり
風も冷たくなってきた

かれらは　まるごと
ただ生きている
一日中　おいしい草を探し食べ
子を孕み　乳を出し

身体を肥らせる
モォー　モォー
丸くなってゆく牛のユーモア
たてがみ颯爽と　馬もろとも
丘陵の向こうへと消えた

砂漠に立つ

砂漠に立つと　自分が小さく小さくなる
遮るもののない地平と
草を食む動物と

首を垂れていても
雲の動きを知り
人の在り処を覚えている

無言の命の哀しさ
動物の恵みを受け取るゲルの暮らしに
大地の皺と　大空の明るさが滲み出ている
子供らの遊びは馬に乗ること

月がでると
荒漠とした　闇のなか
わたしは　いつの間にか　大きく大きくなってい
る

遮るもののない空
夏の風が微妙に身体を包む
あわあわと大地に届く月光に
命が洗われ
心は膨らむ

あるべきところに立つと
成すべきことを　思う

象の足音

われの星燃えてをるなり星月夜　（虚子）

走りつづけた象は
細い目を内がわへ向けながら
歩いている
単調な自分の足音に合わせるように

陽に燃える獣の匂い
靡く草の風のなかに　途切れることなく
足音が　近づいてくる
数匹のライオンは空腹だ

象はストランド　ストランド

行く先が決まれば
気持ちは　ゆったりとして
生まれた土地へと歩いてゆく

雨期はまだやって来ない
光が踊る　キリンが踊る
目的地も　こことさして変わらないだろう
誰かが待っている　そんな気がする
身をささえる足を頼りに
歩いてゆく
もう既に　目的地についたような
それでいて　まだこれからのような
広い空の下を

21世紀詩人叢書・第Ⅱ期38『**水源の日**』（二〇〇九年）抄

ひたひたと

ひたひたと
ひとの足音がきこえる
森の落ち葉を踏みしめながら
瀬音のように　そよ風のように

山で暮らした　多くのひとたち
神の手にもどり　自由に
愛する森を歩く　すたすた　すたと

日は　尾根を帽子のように照らし
木々の葉は　五色のみどり
空を掃く旺盛な勢い

薪を背負うひと
藤蔓で編んだ籠に　独活《うど》　薇《ぜんまい》を入れるひと
赤ちゃんを抱いているひと

木漏れ日　鳥の子色にちらつく山道
ひたひたひたと　かなりの速さで
腐葉土　木の根を踏みしめて

霊気は青く　満ち足り
先を行くわたしに
命のリズムを重く手渡し
足もとの土に水晶の目を落とす

ひたひた　すたすた
ひたひたひた　ひた

闇に包まれて

闇は人の胸にその分厚い手を当てる
だから人は光りを求めてきた
けれどやはり闇は　恐ろしく重い手を
人の肩に当てる

戸の内は寄り添う家族
人食い鬼は戸の外
家族の寝息
夜なべをする母も眠くなり

闇の中に
山川の声が木霊し

目に見えない神の気配を感じ
生きていくには質素で
早寝　早起き

山の端に朝日を拝み
朝露のおりた一日の始まり
畑　草
毎朝みているのに
命あるものは少しずつ変わる

土を離れたら
土の方からそっと離される
土と家と
重い　重い

けれど　幾度となく許され
心安らぐときに

深い闇は　何一つ動かない
お地蔵さんに見守られる

尾根の道

尾根道は馬の背のように狭く
行くにも帰るにも
足踏みしめて　油断をせず

尾根道で迷い
谷で死んだ青年がいた
それでもみんなは尾根道を歩く
十数人　列になって
京都へ炭や野菜を運んで行った

六体の石仏が仲良く並んでいる尾根の別れ
目鼻は窪んで　手も欠けて
昔からこの別れ際は危険だと

鈴を腰につけ
熊を追い払いながら
思いのほか楽しかったと　老人は語る
仲間と働きながら
苦労の後で家族に土産を買って帰る

手を合わせて　過去の気配に包まれる
樵　炭焼き　旅人
男も　女も
腰をおろして一休み

尾根へ出ると風が変わる
山の渚のように
涼しい風　身を切り裂く風

そのままに　胸に受けて
山の暮らしにかえる

鳥高く蝶はそこに目覚めおり

丹波高原

丹波高原の土は海松色《みるいろ》
石はポロポロともろく
雪や凍結に弱い
二億年前は海底だったという

地表に現れた崖は海底の堆積
モザイク模様をしている
波のうねりが残る丹波の山脈
麓から杉、松、檜の常緑樹

照葉樹は中腹から尾根へと
雨に促され　陽に染められ
繁茂している

山には　栃　栗　椎　柏　ブナ　桂
　楓　松　檜　杉等　鳥や獣の種類多く
花は　こぶし　さくら　ふじ　桐
　あじさい　空木　あけび等
山菜は　こごみ　ぜんまい　わらび
　たらの芽　山椒の芽　蕗　三つ葉等
雪は深くても　春の土からむずむずと出てくる

山からいただき
川からいただき
野を耕して

民話や伝説の謎を伝え

鬼　キツネの怖さを　まだ信じていた
神は祠だけでなく
身近におわしました
自由と不自由は縄なうように
縛られもし　放たれもした

山々は東雲色や秋祭り

水路

美山町（旧知井村）河内谷に田んぼが無かった時、主食は　そば　むぎ　あわ　だったのだろうか、冬は山で採れた芋　栗　栃　椎の実で、団栗は食べなかったのか、その習わしはない。男は狩りの手を磨き　猪　熊　兎等を獲った。川は山のいちばん低い所を流れ　水田を作るには、川上から勾配をとって水を引いてくる水路の工事が必要だった。

「一八五〇年八月、これまで畑だけだった梅の木は『奥の田』の川尻から全長七三六メートルの水路を新設して畑を田に変えました。」

（知井村史）

この地に人が住んで以来、米は長い間買って食べていた。なぜもっと早く水路を作らなかったのだろう。米を買うルートがあって、その人たちは海の向こうの米を買い、山を越えて売りに来たと想像する。何かの時は米を御馳走として食べ、普段の家族の主食は　そば　むぎ　あわ　ひえ　で不味そうに思うけれど、意外と香ばしく美味しかったのだろう。村人はお金を出し合い、足りない分は借金して、専門家による工事で水路が出来た。幅は五十センチ余り、夏も冬も水がたっぷり、静かな波をたてて流れている。家の池にも引きいれて、鯉　鮠　鮎　を放っている。水路がついて新田ができ、休むことなく耕され、実りの秋には稲木にゆったりと掛けられた。水害にのみ込まれた田んぼは水が引いてから、瓦礫　流木　砂を取り、元の田んぼによみがえらせた村の男と女たち。狭くても田という田には稲穂が垂れた。

竈の火

竈は家の心臓
女は竈に向かうと輝き
ご飯を炊き　根菜類を煮しめ
赤飯を蒸し　お餅のあんこを練る
女は竈をフルに使い
人を呼んで生活空間を作る
燃えつづけるよう　薪を裏から運ぶ
暖かい吐息が生まれる

目出度いことは村じゅうで喜び
若嫁は竈の炊き方を会得し　涙を潤ませる
竈が思いのまま使えるようになったとき
それはこの家の人になったこと

葬式を幾度出してきたことか
同じ家から何人の人が旅立ったことか
お湯をたっぷり沸かし
身体を清め　裏山へ土葬した

何かの時は　各家から野菜や米を持ち寄って
おなじみのコース
おもてなし料理

お講のある夜は
家族は早々と床に入るが
茅葺屋根のなか
座敷や台所からの声は筒抜け

あのお婆さんはいつ亡くなったのだろう
杉に囲まれたお墓
あちらの方が賑やかになった

　　　　　神仏の側《そば》で女空《から》になる

風音

山里の匂いは風に溶けて
草木や土に吸い込まれる
煙の匂い　野薔薇の香り　涼しい空気

いつも風の中に
数種類の匂いが混ざって
川や山　田畑と
生き物の中へ沁みる

皮を剝いだ杉や松の丸太
青草　干し草
牛　山羊
鶏
堆肥

冷たい風　ようやく和らぎ
　庭先の山椒の芽
独活《うど》　虎杖《いたどり》　蕨《わらび》　蕗《ふき》　たらの芽

山から雨が下りてくる
　焚火
蓮華の花　山吹　栗の花　笹百合

お茶
耕した土

強い日射し　まぶしく
稲　麦　粟
川魚　貝
芋
大根　人参　白菜　水菜

冬には雪も胸に透く匂いを醸している
霜柱
氷柱　ぼたん雪　きらら雪
根雪

醸されてこころに添いくる野の香り

集落の会議

農作業が終わって、暗くなってから会議は行われる。帰ってくるのはいつも真夜中。道には小さな獣が遊んでいるころ。キツネに騙されないよう送り出す母は、父に折り目のついた着物を着せる。会議は村の約束事や問題点、きたる行事のいろいろな役割、納税のこと。

（家はゆれる）

家が穏やかな陰には、度々持たれる会議で横のつながりが話し合われ守られる。肩の荷がおりたように帰ってくる父、提灯のあかりが見え、母はひっそりと迎える。

（家は夢）

子どもは布団の中で気配を感じて耳を澄ます。何事もなかったようすに眠気がさして、闇に包まれ、何か困ったことはなかったか、気にかけることもなく眠ってしまう。

（家は人）

昌徳寺で、時には役員さんの家で会議は持たれ、皆のバランスをとるのは難しく、しかし同じ土地に長いあいだ住む人たち、話し合いで軌道にのせ、共同作業の日も決めて、暮らしの重さを軽くする。習慣と義務に従う。

闇夜にも人の絆や提灯来る

馬

朝食をとる時刻
庭に立つと　唐茶色《からちゃいろ》の馬がやって来る
筋肉をもりもりとさせて
木材を運ぶため
馬子に引かれてやって来る

姉が妹をおんぶして
馬車にのせてもらい
預けに行く
おばあちゃんとおじいちゃんが
子守りの役目

おばあちゃんは門に立って
妹の小さな体を抱きかかえ
姉はやっと身軽になって
皆と学校へ
三キロの道を歩いて行く

馬は道に大きな糞をぼとぼと落とし

歩きながら滝のような小便をする
馬子は知らん顔で
子どもたちは悲鳴をあげる

馬はもりもり大きな体で
重い荷を運び
だれよりも早く
働く姿を　村人に見せて行く

朝霧や私の道を馬一頭

歩く

どこへ行くにも歩く
歩いていると人に出会う
「おはようございます」
「こんにちは」「こんばんは」

子どもと大人と
上の村の人と　下の村の人と
「どこへいかはるのやぁ」
「はっちゃんなぁ　お嫁にいくてきいたさか
い」

良いことも悪いことも
出来事は風に乗り
人の口より早いと

あの大空襲も一部始終伝わり
戦争の無残さを知らされた
終戦の知らせを　集った人たちと聞き
ぽかーんと白けた頭を炎天に焼きながら
歩いて帰ってきた

大人たちの声が耳に引っ掛かった
「ええなぁー　アメリカの道は
　みなアスファルトやて」
「家は靴をはいたままで
　テーブルと椅子の生活やそうや」

道を歩き　山を歩き
稲を運ぶにも歩き
隣村へ行くにもてくてく歩いて

お互いの健康や出来事を知り
野を歩き
あちらこちの祠へ行き
御寺までみんなと歩いた

　空低く子どもの列は学校へ

祖父の後ろ姿

雪道をすべったりころんだりしながら一人歩いてきて、病気の孫娘を見舞った七十八歳の祖父。高校を休んで寝ていた娘は母親の言う通り、椿の花柄の着物を着て青白い顔で起きてきた。祖父は門から入って土間に立ち、しげしげと見たが、あの六歳の頃と見違えるように大きくなり、大丈夫と思ったのか日の暮れない内に帰って行った。
　おじいちゃん変わりないかと聞くこともなく、
ありがとうと言ったかどうか
こけては立ち、ゆっくりゆっくり歩く祖父を母は後から見守り里へ送り届けた。
　ほんまにようきてくれはった。雪のなかをお

前の事が気になって

母も雪道で疲れたようだった。あの一言は、五十数年前なのに思い出す。すると、祖父の老いた後ろ姿が浮かんでくる。体格の大きな無口な祖父、時々祖母に話しかけるのを聞き

おや？　おばあちゃんには話さはる　今日の
出来事をいうたはるなあ

とこころが和らいだ。祖父はほとんど無口で働いていた。体が丈夫でよかった。一家を支え、晩年は祖母と一緒に孫の子守りをしながら草刈りや稲刈りをした。

内孫の美佐ちゃんを京へ出したため結核になった。家へ帰って来た時は手遅れだった。

あの子に　嫁入りの積立貯金をしていたけど
なあ

一人の孫息子　昌太はいい青年で体格もよかったのに戦病死した。

一番上の孫　正子さんは京の呉服屋へ嫁いだが、婿が戦死したので家へ戻っていた。

隣りに住んでいた祖父の妹の息子　文平さんも戦死した。懐に温めていたものがごっそり失われ、もう生きる楽しみもない。

ひょっとして清ちゃんも重い病気か、結核とちがうやろか。美佐子には良い薬も栄養もつけられなかった。清ちゃんには何とかしてやらなあかん

と心配でいたたまれず雪の中を歩いて来た。黙っていてもいざという時には身を乗り出して動く祖父。あの門に立つと、雪の世界に、祖父の黒い後ろ姿、戦争で傷ついている。

道よくて車ばかりやツバクラメ

村が市になった

「知井」という村の名を
わたしは小さい時から不思議に思い
　どうして「知井」というの？　と母に尋ねた
「あなたはどなた?」と他村の誰かに聞かれると
　知井の名古ですと言う
すぐに親しみを持たれ　わたしの居所を認められ
たと
無意識に感じた
わたしは　この地に名付けられた
「知井」という村が好きだった
「知井」には十一の集落がある

　南、北、中、河内谷、下、知見、
　江和、田歌、芦生、白石、佐々里
平成の町村合併で「知井」「大野」「鶴ヶ岡」「宮
島」「平屋」の
五ヵ村が「美山町」になった
それぞれ独立して
親しく交流していた五つの村は
大きな転機となった
さらに二回目の合併では
「美山町」「八木町」「日吉町」「園部町」が
「南丹市」となった
市の中心地は「園部」
「園部」が　生活の臍と意識しなければならない
過疎の進行

少子化
いろいろな問題がある
茅葺屋根*の保存
山村留学
山や川への体験学習
河鹿荘の文化活動　等
故郷の人たちの活動の日々がある

河内谷の昌徳寺は
「柿の木山　おひさま寺」
　おひさまこども倶楽部（体験学習）の山寺に
　なった
あの禅寺は久しぶりに
子どもの声で賑わっている

都市と地方と
どちらにも自然のなかで　繋がりが大切だと
切実に今は思われる

　　　　減反や稲穂の傍で虫すだく

＊「北」の茅葺屋根は国の重要伝統的建造物群保存地区に指定されている。

芦生《あしゅう》の山

原生林　芦生の山は豊かな森林地帯
京都大学に知井村が九十九年間を貸し
研究林として
自然を守りつつ
人々と交流している

西日本の温暖帯と
東日本の冷温帯の移行地帯で

動植物の宝庫になっている

芦生の山は由良川の源流で
宮津湾へそそぐまで一四六キロメートルを流れる
時々台風や集中豪雨に襲われ
昔は　橋をことごとく流された

星の瞬き
樹木の熱気
水の静かなまどろみ
　皆ともに生きている
すべて土が受け止めている

芦生で夏季講座があり
森でキャンプをしたとき
深夜　谷川のほとりで
獣が水を飲みに来るのを待っていた

友の顔も見えない暗闇の中で
　鹿？　猿？
ひそかに聞こえた動物の吐息

テントの中でいつまでも目をあけていた
朝は霜が降りて
草は皆　白いレースの花模様

焚火で雑炊を炊いてもらい　体を温めた
薪に手をかざし
山の霊気に包まれる

鳥　獣
花　茸　木の実
気配はしずかに交わっている

それぞれが生息する
強いもの弱いもの
長い時間をかけて世代交代をして

　　　　　山に言葉あるらし山に聞き入る

目に見えないもの

神さん！

山の神さん！
火の神さん！　水の神さん！
田んぼの神さん！
普段は忘れていて
何かの時に出てくる神さん

家には神と仏が並んで祭られ
　恵比寿さん
　弁天さん
　　愛宕さん
　　天神さん
と鴨居も賑やかに

お盆とお正月には　ローソクを灯して
家族みんなが手を合わす
跡取りの男と女も
ずっと前から
小さな茅葺屋根は
火事を出したこともなく

飢えに怯えたことはあっても
雪しんしんと降り続き
三月の末　やっと土の顔を見るまで

山や田畑の保存食で凌ぎ
農業から山仕事まで
息子や娘に助けられ
忙しい季節は
集落皆で助け合い
『何事も棚から牡丹餅は無い』
諺がチクチクと投げかけられた

六十歳半ばまで働いて
今までの突っ張りも
あっさり嫁に託して逝く
四十九日は　毎晩お経を上げて
天国へと願う

ふりかえればいろいろあった
神さま　仏さまがこの地のおや

チュン　チュンチュン　ツバメが巣を作り
夏鶯も鳴く
みんな夢みて

歩いてきたらここは父祖《おや》の足元《もと》

タイムスリップ

ヒマラヤの谷間
カリガンダキ川の流れる傍らに
蕎麦畑があった
刈り入れがすんで　馬が餌を食べていた

どこかわたしの育った村と似ていて
畑を見ていると
子守りをする女の子や

草を刈る母親がやってくる
空気は澄み　陽は乾いていて
贅沢なものは見られないのに
人々の働きは笑顔で
動物への見守りが真剣だった

お婆さんは　石で囲った山羊の部屋で
糞の掃除をしながら
お経を唱えていた
首に長い数珠を掛けて

子守りを交代でするらしい
お爺さんが二歳位の女の子をおんぶして来た
何か歌っている
無骨な山男と可愛い赤ちゃん

カリガンダキ川の幅は雄大
ヒマラヤの雪解け水が流れている
石や砂が累々と広がり　化石が隠れていそう
わたしたちは小さな宿で
蕎麦の薄焼きにハムと野菜をはさんで食べた
働いている少女は
素朴な歌を唄っていた

馬羊《うまひつじ》ともに暮らすや子守り歌

水の味

鯖街道を訪ねる行事に参加して
「河内谷」の奥へ歩いて行く
「この水なら飲んでもいい」

小畑實先生が言われた
谷川の水を両手ですくって
たっぷり飲む
テレビの料理番組でよく聞いているあの声が出た
「ふーむ　うまい！」

山の土からにじみ出て
岩や草を流れ
木々の風に冷やされて
まろやかな味をもつ水

あの山で育った水
　米や西瓜も美味しい

繰り返し自然の中へ入ること
緩やかに蘇るものを待つこと

水の味を
土の感触を
花の色　形を
獣のように
人間らしく

　　　　　再会のごとく流れる谷の水

西の鯖街道*

都の京へ行く街道筋に　河内谷の集落がある
高浜から魚類を持って来る人も
京から来る僧や行商人も
この道を通り
山間の暮らしに刺激を与えた

焼き鯖　鯖寿司を
祝い事や祭りのごちそうにし
来客をもてなすにも
京の風習がそれとなく生きていた

家族が多いと食べ物に執着している暇がない
母は来客　仕事を手伝う人に
御馳走を出し
自分もよろこんでいた
とれたてのネギと鯖を煮た匂いは
あまり好きでなかったけれど

街道は村人と旅人が歩く
馬や牛も歩く
家の窓から眺めると
映画を見るように　日々飽きない

地図に描かれている道
高浜から「知見」を経て「中」の蔵王橋を渡り
私の生まれた「河内谷」を通って
「弓削」「周山」から　京へ近づく

「西の鯖街道」
ずしりと重い荷を背負って
二十、三十キロは　てくてく歩いた

＊「西の鯖街道」高浜から京へ鯖や鰯を担いで歩いた道。

すすきの穂

キツネが尻尾をふるように
すすきの穂が出そろった
今年も　ぐらぐら　雪が降る前に

乳白色の野の明るさ
満ち足りた秋の月に供える
桔梗に撫子　団子にお茶

万葉集は尾花とうたい
宮沢賢治は萱花とかたり
わたしはすすきの穂としたしむ

呼び方は変わっても
野に咲くすすきの
したたかさは変わらない
昔から変わらないものが　足もとにある

枯れたすすきを刈って干し
屋根を葺く　さわざわ　さわざわ
二メートルに伸びた枯れすすきを
茅《かや》と呼び変えて

細い竹で押え　固定しては重ねて
厚さ四、五十センチに葺くと
雨や雪　季節の風を防ぐ

知井は茅葺屋根の入母屋作り
火に弱いからといって　火を使わない日は無く
火事を出さない厳しさ

野にある草を使い
自然に帰った人々
今も野に生えてくる草

すすき咲く野に茅葺のほの明り

詩集『消しゴムのような夕日』（二〇一二年）抄

都会の魚

渇きを癒す雨が　白い街をおぼろにつつむ
肌に湿った汗と　魚の鱗
喫茶店は西洋のカフェのようで
いつもにぎわっている

百席ある二階の
恋人たちが眼を合わすように
ガラスコップが光り
読書する旅人や
パソコンから離れない学生の襟元に
ちらちら見える銀の魚

中年の女たちがいる一隅から
ヒヨドリの縄張りがはじける
耳を刺す　腰が浮く
「もう時間だよ」と彼がいった
「水分は充分です」とわたしは立ちあがった

高層ビルは雨に濡れ
細長い藻が垂れて　魚がたわむれている
わたしの胸が少し痛い
彼も痛むのかしら？
わたしたちは喪服　知人の葬儀に行く

乾かないように――　アスファルトがささやく
久しぶりの雨ね――　街路樹がささやく
めくれ行く街の中で
誰も背中を持たない

光りと蔭の中に見える銀の魚は
だから　言葉でもなく愛でもなく
鉱物の嘴
ヒトの笑顔を　潤滑油のように舐めている

雨の日

雨の中　黒地に花柄の傘をさして歩く
暗渠の下から
生き還ったように　水の音が聞こえる
昔からの川が生き還るのだ
二十年前　五十年前
さらに百年前の地形を
想像しながら耳を澄ます
道を広めるために

街の外観のために
水道が出来て川は不要と
暗渠にして
水の姿を隠した

雨が続き
溢れる水が
アスファルトに噴き出してくる時もある
家を浸水して慌てさすこともある

開発以前の風景を思い描いて
空を見ると
冷たい雨が競って湧いてくる
もっと大きな傘がよかった

遠くの山は墨絵のように霞み
川の行方を忘れ

街も人口が増えて
ビルが立ち並び
集中的に車が走る
暗渠は怒濤を上げている

消しゴムのような夕日

その日の夕方
ビルの斜面は　夕日に照らされていた

なぜか小さく見える人々
細い木の枝のようにわたしも
夕日を眺めていた

人だけが夕日を見るのではないだろう
サルやシカ　川で魚を捕っていた鷺
向こうへ逝った人たちも
夕日を眺めるだろう

昼のひと時
電線を張り巡らせたように
言葉が空を塞いだ

言葉で人を傷つける人がいた
性ない言葉で　人を名ざしで批評した
人の心は言葉に弱い

多くの人は触れれば怪我をするとでもいうように
静かだった

赤い夕日は　街の上だけでなく
獣も人も一様に照らし
永遠のように

美しく
またね　あしたと心を温める

怒った人も　泣いた人も眠るだろう
その夜　息を引き取る人もあるだろう
一刻　一刻なんて　忘れて

焦げる腕

薄くただよう空気は
チーズ色をして
現代建築をおおい
夕暮れの道に行き交う人を
軽やかに美しく砥いでいる

ひきしまった足
汗の引いた横顔
信号を待っている時ですら
ポーズをとる腰

密かに動くものを捉える目は
冷静であっても
ハンターの性を隠して
めったにいとめられない事も
知って
すぐにずらす角度も
洗練されている

黄砂なのかと鼻口を広げ
巨大ビルの上を見る
鏡面ガラスに雲が流れ
路を隔てたビルの人影を撮りこんでいる

黄砂ではないとしたら
焦げているのは
ビルの鉄なのか　アスファルトの砂なのか
ヒトの服なのか
夏の太陽に煮詰まった空気

買い物をしてビニール袋に食い込まれた
わたしの腕が焦げている

東京メトロの朝

休日の朝　東京メトロは閑散として
なぜか警備員の姿が目につく
初めてのところへ行くには
彼らに尋ねることから　進んでいける

指示された方へ乗り換えて
エスカレーターの浮上感に慣れた時
後ろから呼びかけられたような気がして
振りかえると男の子が微笑んでいた

「おはよう　塾へ行くの?」とわたしは言った
小学校の高学年だろう
紺の鞄を背負っている　塾通いに違いない
少年は微笑んでいる
誰かに話しかけたいのか

ひと目で障害者とはわからないが
おっとりとして他人を疑わない視線
その日　K会館まで行くわたしは
朝から緊張していた
大勢の中へ行く

また後から見られている柔らかい視線
あの少年だった
ベンチに腰をかけ　わたしを見ている
「さようなら」と手を振った

地下鉄の通路は長い
一駅くらい歩いている気がする
YからUへ乗りかえる時
切符をひらりと落としてしまった
身をかがめて拾おうとすると
細い手が素早く伸びて
手品のように　目の前に切符がさしだされた
おもわず見ると少女だった

白い服の痩せた少女は
にこりともしなかったが
傍らに保護者の女性が立っていた

都会らしい簡素な親切
会釈をして改札口を通る

人なつっこさに足もとから温められ
胸には花が咲いて
会場へたどり着いた
仲間も花のように思えた

雀一羽

ボクは北陸の駅に降り立つ
潮の香りに　薄く腫れた空
なつかしい商店街は
ほとんどシャッターが下りていた

眼に映るビルは　北陸らしい重厚な佇まいで

窓は　白　青　灰色
どこかと似た風景
白の状態になり　路上に飛び降りた

バス停のベンチで　淋しげな翁
バスが来ても乗らない
無数の窓を見ているようだ
ボクは翁の前をうつむいて通る

中年のやさしげな男が　後ろからきて
何か話しかけそうなので注意していると
「朝市に来た」という
海の時化や雨の予報など話して
ボクの傍らに寄りたいのだろう

こころを病んでいるらしい
「朝市はどうでした?」と聞く

「なかった」と一言
しばらくして彼はなぜか
ボクに「ありがとう」といった

男は駅のホームへと歩いていた
紺色のリュックは軽そうだ
仕事はないのだろうか
なぜか「ありがとう」がこころに残る

こういう人が住んでいるのに
鉱物的な街は人が少なく
地方色も薄らいで　乾いている
ボクはビルの傍らの樹に止まった

これからどこへ行こうか
プラットホームに男の姿が見える
バス停の翁の姿は消えている

他人であっても無事を祈る
ボクの今は草原を探そう
草の実をいっぱい食べたい

地下鉄の水音

降りて　降りて
神殿　地下鉄のホームに立つ
煌々とライトに照らされ
椅子に腰かけ
やがて現れる
電車に乗る
慣れてしまったので怖くないが
地震がきたら
逃げ場のない地下二百メートルの空間で
何を掴むだろうか

排水口から
噴き出している水
地下水が線路わきの溝に流れている
地上は雨なのだ
沁み出た水は濾過され美しく見える

コンクリートで張り巡らせても
水は地中の動脈　旅をつづける

電車は英雄のように走って来る
澄ました顔で
ひらひらと
開かれたドアーの中へ入る

川底を走る
瓦礫が振動し
人間の骨にひびく
縄文人が夢にも見なかった
現代人は地中でも
携帯を見つめている

裏を楽しむ

裏はほとんど見られない
都会の裏もこころの裏も
着物の裏や
海の浦のようには
裏に魅力があるのが　スーパーの輸入もの
ラベルを見たり

ワインの値段を比べたり
想像で　かの国へ飛んでいったりする

仕事でも裏を知れば
閉鎖的になって　表を装う
ある時代には裏を工夫して
見せあったり話題にしたり
そのせいか　裏話に花が咲いた

都会には飛んでいる人が多くて
よく衝突するので
血なまぐさく
裁判所はいつも忙しい
脅しや嘘を
かき分けて真実をあばく仕事だが
裏をみるテは不良に近い

いいことずくめは嫌で
ねじれ　反抗し　すねる不良少年も
裏の厳しさを知って
考える大人になる
反省は哲学の第一歩

手さぐりする
青年が頼もしい時　裏が生え始めている

竹の皮

藪の中で芽を出した
筍がみるみる伸びて行く
はらり　はらり　と皮を落とす
昔のように利用することも無く
路に落ちると　藪へ返す

青年はちらっと見ながら高校へ行く
自転車で峠を越えて行く
日焼けして精悍な顔立ち
土曜日も　休むことなく陸上の練習
寡黙でも　四歳下の妹と喧嘩をするが
負けること　竹の皮が落ちるごとし

夜更けまで灯りのついた部屋
テレビを見ず　本も読まず　ただぼんやりしてい
る
背中は他者を拒絶している
何かに集中しているのか
捉えられているのか

そっと見やるだけ
ドアーの締め方にも気をつけて

小さな声で「おやすみ」
夜中にも竹の皮は剝がれる
自分独りに響く世界

深夜まで起きていて
テレビとテーブルの間に背を丸め
日に一メートルも伸びる竹
皮がはらり　はらり　と落ちる
朝　また竹の皮を拾う

高瀬川に流れて

高瀬川沿いの某亭に集まった
わたしの同級生たち
先に逝った友の名を読み上げて黙禱し
それからはしだいに酔いしれて
言葉も
高瀬川に舟を浮かべたように
右に左に揺れはじめる

若いときは姑に監視され
老いては嫁に無視されて……と
歌っている少女
さりげなくわたしの手をとる少年
年に一度の七夕　折り紙もいろいろ
笹舟もかずかず

ただ誰も　行方不明の坊ちゃんの事を言わない
みんな家を守っているから
家を出て好きな人と暮らした坊ちゃんのことを
駅ですれ違ったあのときのことを　わたしは言わない
女性との旅は　そう長くなかったようだ

背が高くて　やさしかった
大企業に勤め　よく働き慕われていたに違いない
　今宵は同級生が集まったよ
　　雅さん

舟は　高瀬川の闇に浮かんでいる
笹は　さらさら
瀬音は　ちろちろ
やさしさが飲まれる深さではないのに
なぜか　ゆれ惑う

病む少女の予感

少女は屋上から見る
たくさんの鉄塔が気味悪かった
健康な農婦でも近くに寄らないように言われてい
る
原発からの送電線を支える鉄塔は
少女が見渡す町を股にかけて増えていた

月に一度　街の大病院へいく少女は
親戚のマンションから見るネオンが気味悪かった
きれいだと言われるが
この人工美は人間の鱗のようで
欲望を眠らせない都会の光りだった

そんなことを口にすることもなく
少女は自分の感じたことを
詩に書き　やさしい祖父に見せるだけだった
ネオンは
地上の星と
皆が言っているようには見えなかった

突然の原発事故から
　放射能汚染
福島の人が故郷を離れて行く
家から出て行く
内部被曝を恐れて　あちこちに散らばって行く

少女の本能的な予感は
自分でさえ気味悪く
目に見えない放射能汚染に
自分の死を思う
お爺さんは
昔の
火や水の話をしてくれる

渦

中心になっているのは水である
無意識に流れるのも水である

先の見えないまま　押され
引き込まれ
楕円形　三角　菱形に動いている

夕暮れのスーパーマーケットに
無用のように空っぽの棚
ここに何があったのか思い出せない
ヒトの隙間をぬって　買い物をし
ようやく　レジを通り過ぎると
自分の背中が薄い板のように浮く

東日本大震災で　電池　ローソク
マッチ　みな売り切れ
板は揺れている
押されているのか
引かれているのか
わからない

この先もわからない
さびしいのは　遠い被災地のことを思うから
思ってもすぐに役に立たないから

夕食の材料を得て
大きなスーパーマーケットの天井を見るのは
初めて
渦が避けられるか

雪が降るという

わたしたちはどこへ行くのか

メダカや蛙がいたころ
わたしたちは不幸だっただろうか
空気はきれいで
水は飲んだり浴びたり
土が汚染されるなど　思いもしなかった

野の草を摘み
山菜を採って　保存をし
川に　幾種類も魚がいて
自然と親しみ
自然を恐れ
拝むことを日々続けた

あれは古いというのか
近代的でないと嗤うのか
海も陸も放射能に汚染されても
現在の暮らしの方が
よいというのか
わたしにはわからない

わたしたちは
宝物を無くした
心身ともに大切な
「安心」という環境を
自らの手で
自らを裏切った

慙愧に暮れる時間は長くてもいいだろう
それから一人一人が
行くべき道を行けばいい
歴史に　先人に教えられて
いのちをつないで

いのちにやさしい所

エレベーターが開いた
希薄な空気を押し分けて入ると
防護服を着た人がたくさん乗っていた
あっという間に五十八階　ドアーが開かない

赤ちゃんがいたのだ
　降ります！　と母親が叫んだ
　子どもを助けたいのです
彼女の声に力があった

いつの間にかわたしたちは　古いお寺の中にいた
水が落ちる音や　草の匂いがする
　まだ水を飲まないでください
ここも放射線に汚染されたのか　と
落胆していると
　冷たくした水を持ってきます　と
翁は言った

　戦争中の疎開と同じですな
あの時僕は六年生だった
お腹がすいて土壁を削って食べた
我慢せずに家へ帰っていたら　焼け死んでい
　たでしょうな
翁は髪も目も白く　腰がくの字に曲がっている
水を置くとお寺のお堂の奥へ消えた
トウモロコシを焼く匂いがして

わたしたちは身を乗り出した
お腹が空いていたのだ
上品な老婆が入って来た
　戦争中は畑と山のものばかり
お米は殆ど供出したからね
これは取れたてだからおいしいよ
土も水もきれいだから　安心して召し上がれ

よく見ればわたしの伯母だった
だいぶん前に　死んだはずなのに
母と来たことがある
お寺へ嫁いで　九人の子を産み
わたしを十番目の子にしてあげる　と言う

わたしは迷った
みんな明るい所へ帰るという
燈明がゆらめいた

伯母は悲しそうに　わたしを見た
　ここは不便だから　帰るのね
放射能汚染は　ヒトだけでなく
　みんな殺すのよ
　広島　長崎でわかっているでしょうに

七十年前の野菜畑に陽が照っている
いのちにやさしい所は七十年前しかないよと
伯母は手を振った　手を振った

二〇一一・三・一一　福島原発事故
—いのちをだきしめて—

人は親になれば
わが子をだきしめて
うぶないのちの出会いをよろこぶ

少し大きくなると
交通事故や病気
外へと歩む我が子のいのちを見守り
ふと我に返る
友や社会とのつながり
自然との深いかかわりを

戦争をし
原爆を投下され
地獄を知った国が
原発を五十四基もつくり
なお増やそうとしていた

この精神の爛《ただ》れ

無自覚に利益を拡大したが
事故の収拾がとれない素人張りの管理者

多くの避難民を出し　悲しませる国
故郷は荒れて草ぼうぼう
ただの二時間
我が家へ帰る防護服の人たちを見ると
罪が深すぎる

如何なる人にもいのちは新鮮
慣れあいの代物ではない
いのちは個々の肉体に宿っていても
神に寄り添われて旅をする
だから　この自然界で
手に触れてはいけないものがある
科学文明追求で　巨大なビルの中に居る人には
小動物や樹木の生存は
忘れられているのか
絶滅する生き物は
いつか人間に影響を与え
肉体だけでなく精神にも及ぶだろう
いのちは弱いもの
いのちを畏敬しないところに幸せは無い
原発事故や戦争が起きる

命を抱き締めて
神の恵みを受け取るところに
幸せは生まれるだろう

夜景

日は落ちて　飛行機は
もうすぐH空港へと
着陸態勢に入った

きらびやかな夜の衣装が眼下に広がり
球場の星屑　商店街の金モール
高層ビルの花簪

友は「あっ　私の家が見える」と
うれしそうに言った
「どこ　どこに」
窓に顔を近づける

「うそよ　うそです」

誰の家ともわからないが
夕食は終わっただろうか
子どもは宿題をしただろうか

また日が昇るまで
心地よい眠りの前に
祈っている人はいるだろうか

教育者になった人
国民に選ばれて　政治家になった人
母になった女
明日の平和を祈っているだろうか

どれだけの人が空を見ているだろう
大都市の個人の位置から

海辺や山の家から
生きていることについて

冬耕

晩秋の晴れた日に
田んぼを掘り起こしている
ゆっくりと耕運機が
硬くなった土をひっくり返している

土を冬の陽にさらし
雨と風を通す
来年　稲を植える農民の
一番初めの下準備

掘り起こした土から
害虫が出て来ても
冬の寒さにやられる
草も当分は生えないだろう

土はほっこりして
休んでいるのだが
若者の肩のように
活き活きと見える

都会人が雑踏を離れ
冬耕の風景をみれば
こうした無駄なような仕事も
明るい土も
余裕と見えないだろうか

どこからともなく生気が
蘇って来るのは

田んぼそのものが胸を開き
宇宙の気を取り戻しているから

カンナの花

夏の太陽にまぶしげに咲くカンナ
花びらは絹かと　一枚太陽にかざす
子どもの手のように

こんなに烈しい暑さの中で
福島原発事故の放射能は見えない
内部被曝をした人が増え
故郷を追われた人も数は知れない

カンナの花を見ていると
人間が排出した科学汚染に恥じる

密かに死んで行く昆虫や虫もいる
目に見えない被曝が野山の草木にも及ぶ

今年もお盆が近づいた
仏壇に供える野菜や果物
悲しみは癒えず
あの世から迎える大切な人

ローソクの灯りを見つめると
次の世代が安全にと願う
人はカンナの花のようであればいいのだ
生命の尊厳を守って　一つ一つ耀けば

子どもは希望
悲しみを越えて育って行く
平和の鍵は目に見えないほど小さいが
一人一人が握っている

福島原発事故と老人

突然のことで　先ずは避難しようと　逃げて行く
要介護5の母と病気の妻と犬を連れて
車の中で一夜を明かし宿を探すが断られ
落ち着いた先は　猪苗代湖畔の田舎旅館

脳梗塞（軽度）の僕と　糖尿病（重度）の妻と
百歳の母の食事を　自炊で賄い
僕の大きな身体も
次第に疲労してしまった

ついに母を施設に預けたが
夏の日にクーラーが無く
母はぐったりしていた

急遽　宿に引き取りに行く

窓を開け涼しい風に
母は喜んだ
避難地で穏やかな日を過ごし
僕や妻より先に逝くと　わかっていた

なぜ母にやさしいのかと　聞かれれば
「母は命の恩人　母のおかげ」
と答える
京都のある老師に聞いた言葉そのままに

その時　母をよろこばせたいと思った
すでに八十歳だったが
共に生きているうちに
僕の生活は楽しくなった

母は安らかに旅立った
五月　納骨をすませ
また京都へ行く
あの老師に出会った京都へ

オスプレイもどき

ゆめの中にも　空はあって
あのアメリカから日本の岩国へ上陸した
古いローソク立てのようなオスプレイを
遥かに凌ぐデザインの飛行機が
僕の空を飛んだ

突然　右からやってきた大きな黒アゲハは
轟々と唸りながら左へ行く
重なるように　後ろから来たイカリモンガが
空を覆って　前へ行く
あれは昆虫を模した奇形戦闘機

僕の空全体が轟音に覆われ
後ろへイカリモンガが消えたかと思うと
今度は正面からぬっと　翼のない奴が来た
肥った白蛇だ
うねうねと空中ショーをやっている

白蛇に操縦者が一人見えたが
もう一人　小人が乗っていた
まるで銀の人形のようだ
この人は地上のすべてをキャッチする
僕が立っているのに気付いて
一瞬に映像を消してしまった

いくらオスプレイもどきでも

戦争がどこかであると思う緊迫感
「人間の領域」を侵しているのか
それとも紙飛行機で遊んでいるのか

夢が消え
白い画面に轟音が残る

隅におけない人

極めて簡素で
凛々しい姿

森に向かって
海に向かって
すべての入口に立っている鳥居

あなたは
日本の各地で
木よりも確かに立っている

現代の高度な文化生活
競争激しい資本主義社会
スピード化される人間心理をよそに
古代からの姿で　立っている

あなたは時を忘れ
都会や　村
森や崖の上
大切な際に　立っている

父祖からの贈り物　その姿にふと目が止る
これほど贅肉を取った姿があろうかと
神や仏に関わらず

つつましい人々の生き方
「何事も限りがあるのだよ」
と　鳥居はささやく
あなたの姿は　究極のデザイン
簡素で質実
しかもゆかしく

叡智を育てて行く

平和ってなんだろう
雨風をしのぐ家があり
水やガスが使えて
暖かい食事が出来る

昨日のように今日も
家族と顔をあわし
家を出て　電車に乗り
仕事に着く

けれど暴力は落とし穴
死人のための穴を掘り
難民となり
暑さ寒さ　食料不足に陥る

破壊された街に
築いた文化は跡かたも無く
働く仕事も無く
安らかな眠りも無い

平凡な生活こそ私たちの生活を守る
静かな営みのなかで

戦争への道を避ける
知恵こそ歴史に学ぶ人

一人一人の自立と思いやり
そんな町　そんな国々となれば
ほんとうに地球は
青いといえよう

エッセイ

世界詩人会議・前橋に出席して

しなやかで強い詩人の翼

初めて前橋へ、世界詩人会議という大きな会に出席するるのは正直不安があった。しかし詩人の熱心な話を聞き、詩の朗読を聞くうちに出席してよかったという感動に変わって行った。

今でも心に残るイスラエルの詩人アモス・メラー氏が「核戦争で文化を壊さないで」と切実に訴えられた事だった。文化という人々が長年かかって受け継ぎ、築いてきた人間らしい暮らしを貴重なものと思う。

またインドのディリップ・チットレ氏も「詩が作りやすい地球を持たなくてはいけない」と言われた。

日本の伊藤桂一氏は「ゴルフ場の環境汚染ははなはだしく、元へ返すことはできないのに、五〇〇個所も予定されている」と日本の自然破壊を警告された。

私はささやかであるが詩人の一人として自分の行動や作品の中で受け止めたいと思った。

今回、前橋で行われた世界詩人会議で、外国の詩人が多く訪れたが、彼らも環境破壊や人間の疎外感を多く取り上げていることに世界共通の問題を感じた。地球が病み、人間が気付いて何とかしなければと思っているのだ。

彼らは故郷へ帰ってどんな生活をし、地球の問題とかかわるのだろうか。詩人の力は微力だと思う。しかし、建築、道路建設、学校教育、病院等々人の暮らしの中に詩は生きていてほしいと思う。

ニュージーランドから来たベアリネ・フェルゴンスさん、お元気ですか。もう歳をとったからと控えめながら、実によくメモを取っていられましたね。私も基調講演や分科会でメモをしたのが今は貴重なものになりました。

台湾の中華民国傳統詩学会の皆さん、朔太郎橋の上で朗読された、あの長詩の韻の響きは忘れられません。一言お礼を言うと写真を撮ってくださって、帰国後、実にきれいな日本語でお手紙を添えて下さった。

月に一度集まって古典詩を研究されていると書いてありました。だからあのようなすばらしい詩と朗読が出来たのですね。起承転結の長詩とリズムと、皆さんの自信のある大らかな声、会場は大きな拍手が起こりました。

前橋市での出会いは、思いもかけず詩人のしなやかで強い翼を見たようで、くじけてはいけないなと思ったのでした。

「地球」一九九六年前橋記念号

一九九九年八月　第七回アジア詩人会議がモンゴルにて開かれる

素敵な雲に

家の近くの溝に蛍が飛んだ。梅雨の雨雲がしんみりと肌に感じられる夜、十数匹ふわふわと。溝に溜まっていた泥を除き、水がちょろちょろと流れるようになった、その後どんな経路で蛍が生れたのか、不思議でならない。水、空気、住み良い環境をと最近特に思う。蛍が飛ぶという事は、私たちが暮らし方を変えれば、自然は正直に答えてくれる、と教えられたことなのだ。

一九九九年八月、「地球」主催のアジア詩人会議がモンゴルで開かれることになり私も参加する。このお話を聞く前から、本やテレビでユーラシア大陸の歴史に興味を持っていたので、モンゴルの大地、詩人にお目にかかるのが楽しみになって来た。

モンゴルの大草原にはどんな雲が流れているのだろう。雲は国境を知らず地球のまわりを旅している。人は生活の場や旅先で美しい雲に会うと幸せに思う。都会の空にも雲は流れているが、高層ビルの谷間からはあまり見えない。モンゴルへ行ったら雄大な大地から雲の流れを見たいと思う。

諺に「雲を摑む」（捉えどころがない）「雲に梯子」（とうてい叶わない望み）「雲を霞と」（一目散に遁れて見えなくなる）等々子供のときから聞かされたが、朝焼け、夕焼け、絹雲、積乱雲、かさ雲、乳房雲など不思議な形や色で浮かぶ雲を見ると詩情にさそわれる。

かなり前に旅先で中国の若い女性に会った。名前を聞くと「素雲」さんで靴店のオーナーだった。中国には雲に寄せる豊かな表現があり『佩文韻府』で雲のつく熟語を引いてみると「子雲、生雲、垂天雲、四面雲、無心雲、犬吠雲、入簾雲、川雲、夏雲、松雲、山雲、夢雲、吉雲、朱雲、紫雲、炎雲、歌雲」と、雲のつく言葉はまだたくさんある。

私たち大人の生活は日々忙しく、空を眺める暇はあまり無い。隣りの人と、また連れと空や風の話をするのも少ない。人の死も、弔いが簡素化し死者について思い出を話したり考えたりすることが少なくなった。

時々、薄雲、峰雲、悠悠雲が浮かんでいるのを見ると逝った人たちの姿に触れる思いがする。

温暖な日本の国、山々は緑、河川の水は豊か、しかし温暖化と汚染問題、平和問題等、一人一人が意識して未来を思う大きな心が無くては取り組めないと思う。雲よ、私たちにもっと高い心を下さいと祈りつつモンゴルへの旅を楽しみにしている。

「地球」一九九九年九月

詩の大切さを思う

「地球」に入会してから「うらわ」への旅も回を重ね親しみをおぼえる。広々とした街に武蔵野の名残を見た時や、文化遺産、文化施設、新しいビルや公園を見せていただくと関西と違った土地への興味が生れる。

平成十三年十月二十七日「地球の詩祭」の会場「ラフレさいたまホール」へ着く。京都からやって来た緊張と喜びが会場の明るい雰囲気に包まれる。

岡島弘子さんの『つゆ玉になるまえのことについて』という詩集が受賞した。日常から非日常へと詩想を裏打ちしたやわらかい言葉で分け入る技巧はすばらしい。何度読んでも飽きない詩集だ。

新川和江さんの講演でお母さんに因むお話は新川さんの詩を愛読する者にとって、その艶やかな詩の土壌を知らされ、これからも強く引き付けられるだろう。

また、埼玉県の文学者を紹介され、東京に隣接した都市の開発精神、ロマンチズムは、優れた芸術家、詩人を多く生んだことを知らされた。

去る九月十一日、ニューヨーク・マンハッタンの世界貿易センタービルの同時多発テロに大きなショックを受け、アフガニスタンへの報復空爆でさらに残念で痛恨の思いに陥っていたところだった。

「地球の詩祭」はそれゆえ詩人にフロンティア精神を訴え、詩人の意味をより切実に問うてきた。

社会生活の中で現実に立ち向かう詩人の道は個性豊かであってよい。けれど詩を読みたいと思う人々に読み解け、且つ何らかの慰安になるよう工夫してゆきたいと思う。そのための苦しみは甘受すべきだと思う。

秋谷豊先生を始め地球の会でおおくの詩人から受ける詩環境は私にとって大きく、ほんとうにありがたいと思う。

「地球」二〇〇二年六月

カシュガルの女性

二〇〇四年七月二十九日、シルクロードの旅に出た。玄奘三蔵法師の苦難の旅を想像しながら、ウルムチで第九回アジア詩人会議に出席し、翌日は天池で詩の朗読会が開かれた。その後、飛行機でタクラマカン砂漠を越えカシュガルに辿りついた。

宿泊するホテルの前は砂漠の街とは思えない色々の花が咲き、空高く広々として空気は澄んでいた。

カシュガルはウイグル人が殆どで、どことなくおっとりとした生活のように見られ、動物（牛、馬、羊）が人と共に暮らしているようすは、日本の六十年前のようであった。

八月三日になっていた。私たちは朝九時半、ウイグル人の村を訪れた。ポプラの砂防林が美しく、人々はこの高木に守られるように低い家を建てて大家族で暮らしている。道は赤土と砂の混ざった凸凹道で、溝もコンクリートで整備されていない。ちょっと不衛生に感じるが、子供たちははにかみながら私たちを興味深そうに見ている。

人は門前で隣りの家族と立ち話をし、ゆったりと時が流れ、人間の暖かさを感じる。仕事へ出る前に世間話や農作物のことなど話しているのだろう。

カシュガルの女性は丸顔で目が大きく美人に見える。結婚の適齢期は十四、五歳で、二十歳頃には五歳の子供がいても不思議ではない。そのため子供と母親とは姉妹のように見えるし、姑もまだ若いので、嫁は家族に娘のように大事にされているようだ。自ずと嫁も姑を大事にしていると感じられた。大家族の中で育つ子供は昔の日本の子供のようだ。しかし都会へ憧れているのだろうか、それともこの土地で生きて行く魅力を感じているのだろうか、と聞いてみたい思いだった。

カシュガルのバザールの職人街は落ち着いた感じで、無口な人たちだった。ウルムチやトルファンは慌ただしく、競争が激しいようだったが、カシュガルでは職人気質が根付いているようだった。黙々と絨毯を織る女性達に話しかけると笑顔がかえって来た。

「なんてやさしい目だろう」と、私の胸は一行の詩を感じ、次にどう展開しようかと空想する。大きな絨毯は三人がかりで一日に二センチしか織れないという、気の遠くなるような仕事、しかし伝統産業をつづけ、生活を立てている。色白で涼しげな面立ちの女性がいた。近くに男の子、キャンデーをなめている少し年上の女の子、彼女は二人の子どもを見ながら働いているのだと私は眺めた。子どもが母親にもたれると彼女は手を止め耳を傾けている。

親子の情は世界共通、子どもを見ながら仕事が出来る余裕が平和と言うものを感じさせる。家に帰れば嫁であり妻であるカシュガルの美しい女性に会えて、私はほんとうに心が豊かになった。

「地球」二〇〇五年六月

韓国詩人　金南祚の詩

去る二〇〇五年に「地球の詩祭」でさいたま市の「別所沼公園」へ行った時、韓国の女性詩人金南祚さん（お歳は七十歳位）とお話をした。野外朗読会の後だった。秋のメタセコイアの紅葉の下で、地味で上品な服装の詩人はとても静かで豊かに感じられた。

今年、二〇〇八年五月、秋谷豊先生から「日韓詩の交流三十五周年記念」の案内を頂き、久しぶりに金南祚さんにも会えると知って韓国への旅を希望した。

他にもなつかしい韓国の詩人にお目にかかり楽しかったが、今回は金南祚さんの詩について感じたことを書いてみたい。彼女は一貫して「愛」と「平和」をテーマにして思索し、うたいつづけている。「地球」一二七号に「詩の言葉・生命と自然」と題して講演されたのが一部省略されて載っているが、その中に「私たちは詩を愛しています。これは即ち心の中を愛する意味なのです」と言い、さらに「自然が破壊され荒廃し、……人と人、人と大自然の間には何とも言えない神秘的な電流が流れています。自然が永遠であれば詩人の歌も永遠であるという信念は詩人達にとって何よりの励ましとよろこびでありましょう。……」と、人と自然、人と人との関係を詩の言葉で講演された。それは彼女の愛であり平和を願う表れであった。また「地球」一一六号では「幸福」、一四一号では「平和」を見ることが出来る。

「平和」一連目

誰でも彼を呼ぶには／囁きではいけない／子守唄のように歌ってもいけない／獅子のように咆哮しながら／平和よ、いやもっと大きく／平和よ、雷のようにならさなければならない

三連目

平和が足りなくて死んでいった兄弟たちが／世に残していったその匙と箸で／私たちの飯と希望をも食べながら／人類の名で／愛に優る愛を／告白するとき／　ああ、平和よ　神聖なる心臓よ／きっと彼はくるだろう

日本から参加した詩人達は、ソウルの「文学の家」で日韓の講演や詩の朗読会の後、暖かい夕食のもてなしを受けた。韓国の若い女性詩人もこの出会いをよろこんでいられるようだった。

高貞愛さんから『韓国詩人選』を頂き、新たに金南祚さんの「自転車」「鉛筆の芯」「良きもの」を知った。

人を愛することは痛みや孤独を知ること、しかし人はそれだからこそ神が下された愛の心を守り続けなければならないと知った。

「地球」二〇〇八年十二月

詩歌に見る色彩感覚

はじめに

現代社会において色彩は多様に活用され、日常生活の衣・食・住から、心理面にまで、意識的に或いは無意識的に色彩の多様性を生きている。

黒が不吉な色であるとか黄色が差別の色、或いは紫が高貴な色であるという社会的、政治的なイメージは現代では消えている。

日本人は自然の移り変わりを幼児から見ていて、色彩のもつエネルギーに生命だけでなく精神的にも癒されることを知っている。

野山の緑も一色ではなく、太陽の光が射せばもっと複雑な色になり、絵を描くとき、詩句を探すとき、よく観察して苦心するものである。

日本人は自然から遊離して暮らすことはかなり困難である。しかし大都会の生活では看板、写真、テレビ、携帯、ネオン等、科学的な色彩をどのように意識し、文学に取り入れているか、詩歌に出てくる色彩感覚はどうだろうか、注意して読むと何か気付くことがあると思う。

（一）

今年（二〇一二）十月三十日、京都・国文祭で現代詩フェスティバルが行われた。

笹岡隆甫氏の現代生け花と尺八の演奏、六人の現代詩人によるコラボレーションで、しんみりと華やかな出来栄えとなった。

笹岡氏は枯れ葉色の着物に袴、尺八の先生は黒紋付に枯れ葉色の袴で、詩人の男性二人は黒と薄い茶色、女性四人は黒と紫、白と青という洋服と和服だった。朗読された詩を読み返すと、色への感覚は豊かで、かつ詩のテーマの重要な要素となっている。

花火　　すみくらまりこ

（二連目）

きらびきの硫黄《ゆわう》は炸裂する。／よろこびの紅《べに》はしだれゆく。／名残りの青火《あをび》は円弧《こ》を描き、／紅味《あかみ》を帯びて消えてゆく

扉　　牧田久未

（最終の二連）

目のあたりの／耳のあたりの　扉がしまって／なお見える色／なお聞こえる声／／幾千年の夢は／深いほどあざやか

水の姿　　名古きよえ

（散文詩の四行目より）

わたしは透明なガラスの中の水を見ていた。ガラス窓から入る陽光を屈折させて渦のように取り入れ、天井の蛍光灯を底に金色に映している。テーブルの茶色も写している。水は静止しているのかと注意深く見ていると微妙に震えている。

苔　　山口賀代子

（二連目）

五十年たち／湿度のたかい都市の一室で苔とくらしている／冬／枯れ草のようになっていたものが／春／ほんのりうすみどり色となり／夏／濃い緑になり／太陽のひざしを浴びると金色にかがやきはじめ

る／ただ光をとりこんでいるだけのことかもしれないのに

色を自由に意識している一方で、詩のいのちとして色彩を掬いあげている。

紙面の関係で皆書けないが六人とも色彩を詩の中に取り入れて構成している。

現代は人工的な色と自然の色が混沌としていて、豊かな色彩を目にしているが、日本人の色彩感覚は自然を心で見ているものであり、万葉の時代から現代に至るまで洗練されている。とは言うものの物質が多くなりあらゆるものがカラフルで、その色に浸っているところがある。色彩のカノン（色彩に対して固定化されたイメージ）に浸食されている。故に文学においても色彩を乱用したり無頓着になるので、色のインパクトが弱くなる面がある。

（二）

少し古い時代の作品を見てみると、中原中也が愛児文也を亡くして一ヵ月後に書かれたという有名な詩は東京にいながら、かつて何度も訪れたことがある郷里の名勝を回顧して詠った詩だという。

冬の長門峡　　中原中也

（前略）われは料亭にありぬ。／酒酌みてありぬ。／／われのほか別に、／客とてもなかりけり。／／水は恰も魂あるものの如く、／流れ流れてありにけり。／／やがても蜜柑の如き夕陽、／欄干にこぼれたり。／／あゝ！　――そのような時もありき、／寒い寒い日なりき。

水彩画のような淡々とした情景描写の後で一点の鮮や

かな蜜柑という色彩が加わったかとおもうと、やがて陽が落ちるように深い詠嘆となり閉じている。

黄色と言えば梶井基次郎の短編、「檸檬」を思い出す。蜜柑やレモンの黄色は時代を越えて明るく、読者に強いインパクトを与える。

萩原朔太郎の『青猫』はいかにも奇抜に彼の詩を代表しているが、他の作品に色が多く使われているかというとそうでもない。

「雲が白い」「白雨」「白粉」「白っぽい牡鶏」「白いうれひ」「白い額」「白い幻像」等、朔太郎は白という無色を使っている。その中で「青」は最も深い印象を与える。ゲーテは青を「刺激する無」の色と言っている。青は消えつつも読者に強く残る色と言われている。

宮沢賢治の場合は豊富な色彩感覚を持ち、詩を生命豊かに書き、色知識や色感覚によっていつまでも言葉が若々しい。

（三）

与謝野晶子の「黒髪」という言葉は万葉集に出てくる。万葉時代の自然はどうだったのだろうか、万葉人は自然の色に染められた。

万葉集より

山吹のにほへる妹が朱華色《はねずいろ》の
　赤裳の姿夢《いめ》に見えつつ

眞金《まかね》吹く丹生《にふ》の眞朱《まそほ》の色に出《で》て
　言はなくのみそ吾《あ》が戀ふらくは

戀しけは袖も振らむを武藏野の
　うけらが花の色に出《づ》なゆめ

のように心が色に染まって外に出てくるという感覚である。心と色彩は重なっていて、色はものの修飾語でなくそのもの自体で、心で色を見ている――、昔の歌は伝えるのである。古今集になると技巧的になり優雅である半面、万葉集のような骨太さが欠けていると言われるが、色彩に関してはまだ自然が主体で、人間は自然の色に、或いは他者に染められるものであった。

古今集より

みつね

花みれば心さへにぞうつりける
　色にはいでじ人もこそしれ

よみびとしらず

たが秋にあらぬものゆへをみなへし
　なぞ色にいでてまだきうつろふ

としゆきの朝臣

しらつゆの色はひとつをいかにして
　秋のこのはをちゞにそむらん

（結び）

現在社会では個人主義が行き渡り生活も豊かでカラフルになった。個人差や性別、年齢により捕らわれることはない。たえず変化はするとしても。

文学も少なからず影響を受けている。日本語が豊かであると言われるのは、昔の四季ははっきりした移り変りがあり、したがって生活や衣服も工夫をして暮した。自然を意識するのは今より強かっただろう。思いを相手に伝える豊かな語彙、語感は色彩感覚で育った。古い歌にあるように言葉が自然から生まれたと思われるものが多い。言葉に色彩が揃いとられていて、読むと浮かび上がって来る自然がある。

たくさん読ませていただく現代詩の多くは「色」を意識しながらも乱用しているわけではないが、充分に選んで使っているだろうか。

色彩のカノンにより色の捉え方が自己から物へという方向にあるように思う。

信号や車の色、衣服や写真の色に慣れて色見本を取り上げるように。

言葉は記号であるがしかし詩人は自然との結びつきや歴史、個人の体験、古典を読み、日本語の豊かさを取り入れることによって、読者に伝わる作品を創りたいと願う。読者もそれを受け取ることが望まれる。詩歌での色彩感覚は非常に深く、そして大切な要素であると思う。

「Po」二〇一二年　春　特集「色彩と文学」

解説

いつも心に故郷の神を持つ詩人

中原道夫

I

エッセイ集『京都・おばあさんのいる風景』の中で名古は「私は無神論者ではない。生命あるものなら感じる無限の闇、その彼方からうまれる霊的なものを感じる。いかなる命も有限である故に、無限と有限の吃音のようなもの、それをキャッチして育てるのが詩であるかと思う」と言っているが、その詩学と言ってよい論考を、名古は具体的に一九八二年に上梓した処女詩集『てんとう虫の日曜日』の中で作品化している。

皿は
始めから
壊れるときの
華やかさを知っている

―飛び散った破片を拾う　指のかなしさも―

（「皿」）

校庭に　円をかくときも
空に大きな　円をかくときも
心がついていく
仕事で
小さな円を　いくつも描くときでさえ
心はそれについていく

（「円」）

われわれの芸術作用や精神作用は、はたして己自身のものだけであろうか。「大きな世界が／自己の内に入ってくると／世界は海のように深くなる」と、リルケは言っているが、ぼくらは計り知れない大きな力を持つものの存在を、日常の中で多く経験している。名古のいう霊的なものというのは、そういう汎神論的な神であって、いわゆる特定的な神をさすものではない。そして、その根源は名古の生い立ちと故郷にあるように思われる。

名古の故郷は現在、京都府南丹市美山町となっている「知井」というところで、今もって帰郷しても、変わらない地形、変わらない人情に絆されるという。知井村は、かつて、田圃がなく、主食は、そば　むぎ　あわなどで、男は狩りの手を磨き、猪　熊　兎などを獲っているような処であった。だが、ここには大地からの恵みと、それに感謝して生きる人間の原点があった。人と自然が一体であったのだ。「谷を見ていると畏れる／畏れる気持ちは／こころの奥を洗う」と名古は「谷」という作品の中で言っているが、この自然への畏敬の念が、名古の詩を生み、絵を生み、神をも孕ましたのだ。

私自身　線である
まわりの音すいこんで
静かに伸びていく
建築・絵画・植物の線

単純なものに含まれている
人と自然の豊かな連なり

稜線
地平線
水平線
身近なものから　はるかなものへ
誰でも
人は
一つの
線をひいている

（「単純な贈りもの」）

名古は詩作だけでなく絵も描く。それについて名古は「絵は私にとって文学の続きで、別の事をしている気はしない。芸術は生活の中にあり、気付けば又気付かされる関係にあると思う。絵と文学は両輪のように私の日常を励まし努力する生き方を進めてくれる」と言っている。
それは、故郷「知井」の自然が、身近なものから、はるかなものへと育んでくれたものだからなのだろう。

わたしは　ふと思う
人はだれでも　生まれたとき
プレゼントされた花が
心のなかに　咲いているのだと

嵐のときは　助けを求めて声を出し
旱魃のときは　苦しくて涙を流す
踏みつけられたら　手をのばし
穏やかなときは　静かに薫っている

菜の花や　菫
薔薇のようなのがあるだろう
忘れていても
思い出せば

また咲きだす
胸いっぱいに　咲き匂うこともある

生まれたとき
プレゼントされたのだから

（「花」）

ようするに、名古にとって詩を書くことも、絵を描くことも、この世に生を受けたとき得た、花の開花なのだ。開花とは自己の展開にほかならない。名古は詩と絵のコラボレーション『名古きよえ詩画集』の中で、清らかで透明感溢れる画面に合わせこんな詩を書いている。

秋　たき火をしている農家があった
煙いと言いながら
手をかざすと
しずかに　しかも深く
体の芯まで暖まった
これは何なのか

人間が火を使い始めた
あの記憶がめざめるのか

（「美しい炎を」）

劫初から受け継がれてきた火の温もり。名古の大切にしているのは、その温もりである。少女時代、名古は故郷知井でその温もりに包まれて大きくなった。だから、知井の景観、知井の生活すべてが、故郷というより名古そのものになっているのだ。

星の瞬き
樹木の熱気
水の静かなまどろみ
　皆ともに生きている
すべて土が受け止めている

（「芦生の山」）

Ⅱ

この詩集の中には、旅で得た作品が少なからずあるが、旅とは己の原点を捜し求めて歩くものである。名古は国内はもとより、モンゴル、中国、韓国、台湾、ネパール、印度と、多くの民族との交流のための旅をしているが、モンゴルの草原ではこんな作品を書いている。

かれらは　まるごと
ただ生きている
一日中　おいしい草を探し食べ
子を孕み　乳を出し
身体を肥らせる

（「牛馬が走る」）

草原で生きる馬や羊はただ生きるためにひたすら生きている。けれど人は生きるために、なんと多くの付属品をつけているのだろう。名古は思うのだ。生きるということは天がつけた道をただ歩けばいいのではないか。まっすぐに落下する滝のように。その道を。

わたしは
空から　大地へと
白い泡をたてながら　流れ落ちる
岩に　苔の　生えるまもなく
身の丈を計ることもできず
ただ　ただ　落下する
天が道をつけたとしか思えない
その道を
冬が来れば　槍のように凍てつき
乾期が来れば　簾のように細る
（「滝」）

名古は国内の旅の中では屋久島の白川《しらこ》山《やま》に移住したアニミズムの詩人山尾三省にふれているが、「本当は／土がそのまま神であり／私たちはそれともしらず／神の上で遊び　仕事をし／神の上で苦しみ　涙を流していたのであった」という三省の言葉は、まるで名古自身の言葉のように思えてならない。それはさまざまに形は変えてはいるものの、名古の詩も絵もすべて「知井」の土壌から生まれているからであろう。三省が《カミ》と呼ぶ神も、名古が《霊的》と言う神も、ともに森羅万象から生まれているのだ。

いろいろ浮かぶ文字のなかから
選んだのは
『母』という字
五本の指を　筆にして
大きく　母　と書いた
（「夜のアスファルトに」）

名古を育んだ「知井」も、名古を育てた「母」も、とどのつまりは神であり、故郷である。名古の詩が故郷を忘れ、母を忘れた多くの人に読まれることを願って止まない。

故郷知井の原風景

中村不二夫

1

近年、地方都市であれば駅前の再開発、道路やダムなどのインフラ整備、あるいは新幹線や空港整備などによって、日本の風景は驚くほど平準化してしまった。それと共に、現代人は利便で快適な生活と引替えに、家族や親族の親密な人間関係、地域共同体の互助精神などの精神的価値を失ったことに気付いていない。
名古きよえの『水源の日』には、大半の日本人が失って久しい故郷の原風景がまるで水彩画のように再現されている。

ひたひたと／ひとの足音がきこえる／森の落ち葉を踏みしめながら／瀬音のように　そよ風のように／／山で暮らした　多くのひとたち／神の手にもどり　自由に／愛する森を歩く　すたすた　すたと
（「ひたひたと」一、二連）

谷を見ていると畏れる／畏れる気持ちは／こころの奥を洗う／水は宇宙からの贈り物／地球の宝　（「谷」二連）

闇の中に／山川の声が木霊し／目に見えない神の気配を感じ／生きていくには質素で／早寝　早起き／／山の端に朝日を拝み／朝露のおりた一日の始まり／畑　草／毎朝みているのに／命あるものはすこしずつ変わる
（「闇に包まれて」三、四連）

ここには大地からの恵みへの大いなる感謝と、それをもたらす自然の摂理への崇拝がある。どの作品も一読、われわれの日々の暮らしに不可欠な根源的世界が広がる。

近代以降、人々は傲慢になって信仰心を失ったといわれて久しい。かつての日本人には、この詩の「闇の中に／山川の声が木霊し／目に見えない神の気配を感じ／生きていくには質素で／早寝　早起き」とあるように、森羅万象に潜む神に対する感謝の気持ちがあった。どんなに世俗的名声を得ようと、そうした畏敬の念は、自然の前で人間は等しく卑小な存在にすぎないと、そのままわれわれの生活に、「だれ一人偉くはない」という謙虚な生き方を授けた。

だが、先の大戦によって、人々の中に超越者に対する警戒心ばかりが植え付けられてしまった。つまり、それは神から人間に主人公が変わったことで、人間は「だれ一人偉くはない」という傲慢さを制止する機能を消滅させてしまった。そして、現在では経済的な富が人々を支配することになり、ここでの「谷を見ていると畏れる／畏れる気持ちは／こころの奥を洗う」ことなど言葉の端にも昇らない。この詩集が現在に意味をもつとしたら、もういちど日本人の本質とは何か、人間とは何かについて、ゆっくり立ち止まって深く考えさせられることの中にある。

2

名古きよえは近代文明に対峙してなんらかの提言を行う、文明批評型の詩人ではない。この詩集では、そうした自然／反自然、文明／反文明という批評的言動が極度に抑制されている。おそらく、ここで名古が書きたかったのは故郷知井についての精緻な記録ということになろうか。名古は、ここでの自然に対しての謙虚さが、そのまま自らの生活信条へとつながっている詩人である。そのことから、名古の詩はほとんど私情が入らず、客観的な自然描写に徹している。

「知井」の字中から／蔵王橋を渡ると／緩やかな坂道になる／左に由良川の支流「河内谷川」が見え／田んぼを

抱えるように細く流れている／／しばらく行くと／山裾の丘に人家が見える／茅葺屋根の初めの集落／「梅の木」という／／川の向こうは山／歩いて行く奥も山々／四方を山に囲まれ／緑ばかりの厚着／／「梅の木」は皆「名古」姓で／中世は「急」と言ったとか／他に「津元」さんの記録もある。

（「河内谷」1　一〜四連）

知井地区の茅葺屋根の家々は、国の重要伝統的建造物群保存地区に指定。京都大学の研究林として、芦生の原生の森、由良川の清流などが有名で、古い歴史の中にとりわけ風光明媚な場所。「梅の木」は皆「名古」姓であるという。名古の詩とともに、こうした日本人の精神的な原風景が保存されることになったのはうれしい。

名古きよえの経歴を辿ると、幼年期に敗戦、軍国主義から一転しての民主主義、六〇年安保前後に大学を卒業。つまり名古は、戦中・戦後を通じ、物質的な飢えから飽食までを身をもって体験してきている。しかし、ここでの名古は、あえてそうした外的事象に捕らわれる書き方をしていない。ある地層の上に歴史が作られているとすれば、すべての社会的事象は、かつての「夏草や兵どもが夢の跡」のように、すべてはほんのうたかたの出来事にすぎない。名古にとって真に生きる場所は、故郷知井の「『梅の木』は皆『名古』姓」の歴史的現在であり、そして、茅葺屋根の集落や由良川の支流「河内谷川」という、中世から現在まで何一つ変わらない風景である。

芭蕉の唱えた不易流行でいえば、名古の詩は不変の真理が追究されていてきわめて貴重である。その意味で、詩篇の末尾に置かれた俳句にも注目すべきである。

そして、名古の自然を黙視する姿勢は身近な生活空間にあっても変わらない。

竈は家の心臓／女は竈に向かうと輝き／ご飯を炊き根菜類を煮しめ／赤飯を蒸し　お餅のあんこを練る／／女は竈をフルに使い／人を呼んで生活空間を作る／燃えつづけるよう　薪を裏から運ぶ／暖かい吐息が生まれる／／目出度いことは村じゅうで喜び／若嫁は竈の炊き

方を会得し　涙を潤ませる／竈が思いのまま使えるようになったとき／それはこの家の人になったこと

（「竈の火」一〜三連）

自然界に山の神、川の神がいるように、台所には奥津彦神・奥津姫神、火の神である迦具土神を加えて「竈三神」が祀られている。われわれ日本人は、こうして竈の火を守り続けることで、代々一家の繁栄を願ってきたのである。

3

名古きよえの詩は、何かを達観した観念的な形而上的世界とは質的にちがう、きわめて肉感的に事物が捉えられる。そのため、客観的描写であっても心は熱い。

農業から山仕事まで／息子や娘に助けられ／忙しい季節は／集落皆で助け合い／『何事も棚から牡丹餅は無い』／諺がチクチクと投げかけられた／／六十歳半ばまで働いて／今までの突っ張りも／あっさり嫁に託して逝く／四十九日は　毎晩お経を上げて／天国へと願う／／ふりかえればいろいろあった／神さま　仏さまがこの地のおや／チュン　チュンチュン　ツバメが巣を作り／夏鶯も鳴く／みんな夢みて

（「目に見えないもの」六〜八連）

鯖街道を訪ねる行事に参加して／「河内谷」の奥へ歩いて行く／「この水なら飲んでもいい」／小畑實先生が言われた／谷川の水を両手ですくって／たっぷり飲む／テレビの料理番組でよく聞いているあの声が出た／「ふーむ　うまい！」／／山の土からにじみ出て／岩や草を流れ／木々の風に冷やされて／まろやかな味をもつ水

（「水の味」一、二連）

街道は村人と旅人が歩く／馬や牛も歩く／家の窓から眺めると／映画を見るように日々飽きない／／地図に描

かれている道／高浜から「知見」を経て「中」の蔵王橋
を渡り／私の生まれた「河内谷」を通って／「弓削」
「周山」から　京へ近づく／／「西の鯖街道」／ずしりと
重い荷を背負って／二十、三十キロは　てくてく歩いた

（「西の鯖街道」四～六連）

ここに描かれているのは、なんの変哲もない素朴な田園風景と生活の営みである。これを読んで思うのは、のんびりした静観的な田園風景ではなく、ある種の現実に対峙した黙示録的世界の出現である。これは過去の風景を懐古したものではなく、現代文明が滅亡した後の未来絵図の世界である。今もローマの中心にはコロッセオをはじめ、堅牢な建築群の遺跡が貴重な観光資源として残されている。みていると、それは人間の歪んだ欲望によって滅ぼされてしまった精神的残骸である。つまり、どんな爛熟した文明もつねに滅ぶ運命にあることが語られている。

文明の崩壊後、そこに再び現われてくるのは、自然界に潜む神や仏など、名古のいう「目に見えないもの」を自らの守護とする日常空間である。名古の見方によれば、現在の高層ビルが林立する生活空間こそ、うたかたの仮想現実ということになろうか。

細い竹で押え　固定しては重ねて／厚さ四、五十センチに葺くと／雨や雪　季節の風を防ぐ／／知井は茅葺屋根の入母屋作り／火に弱いからといって　火を使わない日は無く／火事を出さない厳しさ／／野にある草を使い／自然に帰った人々／今も野に生えてくる草

（「すすきの穂」六～八連）

「野にある草を使い／自然に帰った人々／今も野に生えてくる草」という人間の本質を見据えた印象的な表現が光る。ここで名古は、人もまた大地に根を張り、草花のように自然に還り、そこから再び人間の霊魂となって再生されるのだと無言で唱える。人の最期もまた、「野にある草を使い／自然に帰った人々／今も野に生えてくる

草」のように温かく自然の懐に抱かれて迎えられることが望ましい。

人間があえて手を加えなくても、いつかどんな文明も滅びるものだと解釈すれば、とくに何かを具体的に批評する必要性も生じてこない。現在世界規模で地球温暖化が進み、大気汚染、酸性雨、異常気象、野生生物種の減少、砂漠化などが危惧されている。それに対し名古の詩は、無言で自然と対峙することこそが、われわれ人間にとっての原点であり、何かあればそこにただ還っていけばよいのだと読者に語りかける。詩集『水源の日』は日本人の原風景を掘り起こしたものとして、永く読者の記憶に留まることはまちがいない。

名古きよえは「知井」（二〇〇九年九月で九号）という個人誌を発行している。そこには「知井の歴史」の連載、生活に密着したエッセイが綴られているが、こうした地域に密着した詩的活動も含めて、さらなるふるさとへの思いの深化を期待したい。

詩集『水源の日』より

「点と線」の詩学創造

中村不二夫

1

筆者は名古きよえと、文庫のエッセイで書かれているシルクロードやインド旅行にも同行し、大阪の「柵」（志賀英夫主宰）でもご一緒させていただいている。しかし、これまで名古きよえという詩人を少し誤解していたのかもしれない。東京表参道でも絵画展を開催するなど、楚々とした風貌、控え目な起居振舞とも相俟って、かなり裕福な有閑階級にある人のように思っていたのである。全体に芯の強さは分かるが、詩風も穏健で鬼面人を威す言語的なはったりもない。現在の詩界の主流は、質量共に女性だが、そこに名古の詩を入れたとき、あまり目立たずその中に埋没してしまうにちがいない。よく言えば堅実だが、先達の詩風を凌駕するほどの言語的迫力はないというのが、筆者の総合的評価であった。
しかし、名古はプライベートでは裁判所書記官の配偶者を得て、子供たちをもうけるが、専業主婦とはならずに働き続けるのである。しかも、そこでの仕事内容はハードで肉体労働に近い。現在、女性は配偶者の所得の多寡にかかわらず働くが、名古の時代、女性はよほどのことがない限り家庭に入ることが多かった。このたび、こうした名古の労働経験を知って、筆者は名古の詩の読み換えを土台から行わなければならなかった。
名古きよえは大学卒業後、研究所勤務を経て、橋本印刷にプリンティングデザイナーとして入社し、そこでの経験が詩集『窓べの苺苗』に結実する。詩集の中の「点」という作品は、名古でなければ書けない、労働経験が知的に身体化された秀作である。筆者は知性偏重の現代詩を感情の領域に奪還しなければと考えているが、その場合、名古のような労働体験をもつ詩人を軸に据えたいと考えている。かつて大正ヒューマニズムを背景に生まれた、現実離れした耽美派・象徴派の詩に対し、労働価値を前面に押し出す民衆詩派運動が勃発したことがある。それは詩言語として熟すことができず、再び言語モダニズム詩の席巻を許してしまうのだが、後の勤労詩の台頭に道を開くなどの成果をあげている。筆者はこの民衆詩派が唱えた人間解放の主張を、もういちど現在の詩界に活かすことの必要性を痛感している。

私は　遠くからたどりついた一つの声を／やっと受け止めたのだった／点が無数により合った　人・花・あるいは家の／何と静かな　それぞれの位置よ／光も影も　大小の点になっている／私はしばらく手を止めて　空間を見つめた／人はどれだけ愛しようと／また　憎もうと／いつかはこの点に／立ち止まらねばならない
（部分）

「点」という作品は、労働現場という外部現実と、作者内部の心象風景を鮮明な詩的イメージによって統合し、労働詩のもつ狭小なリアリズムがみごとに克服されている。労働の意味が机上の空論ではなく、現場を知る人間存在の身体を通した言語的認識となって必然的に立ちあがってくる。宇宙からみれば、人間はみな一つの点であり、それぞれが感情をもつことで外部への愛憎が深まり、極端にいえば他者への侵略を伴い殺戮行為にまで及ぶ。そんなとき名古は冷静に「私自身　線である／まわりの音すいこんで／静かに伸びていく／建築・絵画・植物の線」（「単純な贈りもの」）を引くのである。また「校庭に円をかくときも／空に大きな　円をかくときも／心がついていく／仕事で／小さな円を　いくつも描くときでさえ／心はそれについていく」（「円」）ことを認識する。ここで名古は自らを点と明示し、外部へと伸びる自らの感情を線と規定する。そして、そこでの労働行為を通して、他者へと伸びる感情の線を抑制することを感得する。おそらく、その控え目な起居振舞はここに由来していたのであろうか。このように名古の詩学創造は、自らの生き方を点と線で切り結び、日常生活の上にそれらを相対化する態度に凝縮されている。

タイトル・ポエム「窓べの苺苗」を読むと、名古の職場が光に満ちたものであることを窺わせる。おそらく労使が協調し、そうした雰囲気を作り上げていたのであり、これはきわめて好ましい。何も職場がぎすぎすした不平不満の溜り場である必要はない。他に「ピカピカの婿」「機会と言葉」では、日常の労働を通し、機械に命を注ぐ姿勢に好感がもてる。

2

ここで第一詩集『てんとう虫の日曜日』に視点を戻すと、「私は／痛みながら／しずかに／ひろがっていく」（「白いバラ」）など、まだ未分化状態にある名古の詩的原点のようなものが読みとれる。ここでは自我の外部表出が抑え切れず、現実と非現実の二律背反を内面で充分に受け止め切れていない。名古はすぐに点となって生きることを受容したわけではなく、内部の引き裂かれた激しい叫び、外部とのバランスを欠いた不安定な精神状態など、そこには苦悩の過程があったことが分かる。おそらく名古は日常生活での心的解放を求めて、文学の道に入ってきたのではないか。「倦怠を越えた持続は／厨房に立つ女の／ぬれた手から／したたかな愛へとせめぎ／／狂ってはいけない／日々のセレモニーのために」（「皿」）、「生き物の気配すらない土の上に／生き残った女が一人　灰色の目をして／遠く　さみしい所を見ている」（「倖せの保証は　どこにもない」）など、その詩は闇に誘われるかのようにネガティブである。

　このように名古の第一詩集は、外部に果てしなく膨張する自我を抑制できずにいた。第二詩集『蓬の中で』で注目すべき作品は「視る」である。

背中に　五本十本　ローソク灯す／七本八本　胸に
ローソク灯す／火照る眼／空になる頭／さらに／十
本　指に火を灯す／これが　あなたを視る位置／／
燃えながら／真っ直ぐ上へ／あなたの意志の中
で　五色の明り／旅ゆく電車も百の火　灯した／あ
なたの口笛が聞える／みんなこの／許されている一
時／／蠟涙が垂れ／真中に釘が一本残る

名古の詩にしてはやや抽象的だが、意味の多重性といい、読み手の脳裏に強烈なイメージの残像を刻む作品である。詩は精神の像姿を言語表出することであるが、それはときに日常言語ではカバーできない超越的な非意味・未意味に対峙する。よって、詩が分からないというのは、相手の気持ちが分からないということに他ならない。さらに、分かりやすいものしか分からないというのは、読み手が他者を理解する幅が足りないことであって、問題の本質は平易／難解という意味解釈の言語論などで解決は計れない。名古は自らの詩がだれかに理解される、されないということを考えず、今後はこうした詩をどんどん書いていってほしい。

詩集『目的地』は、多才な名古の持ち味を活かし、山頭火の句にちなんでのもの。人生の岐路に立ち、これまで何を目的に生きてきて、これから何を目指していけばよいのかを自問自答する。

詩集『水源の日』は、故郷知井の内側に深く視線が入り、その詩は全身にアニミズム的世界をまとう。まず、この詩集についての解説を書いた時に気づかなかったことがある。名古は一九九六年、前橋の世界詩人会議に出席以降、アジア詩人会議（モンゴル・韓国・シルクロード）と、アジア圏を中心に急速にその眼は海外に向かうのだが、その体験を通し、人間の営みを司る地霊の存在に心を鷲摑みにされる。われわれは文明の進歩によって己の欲望を抑制できず、そこに地球環境の破壊という高い代償が払われていることを忘れてしまっている。いわば、われわれがはじめに護るべきは、人類の共有財産としての地球環境であることに気持ちが動かない。人の生活の中心に地霊の存在が認められていたころ、それは「歩く」という詩にもあるように、朝の挨拶に始まり、夕べの祈りで一日を閉じるという、そこには超越的存在に対する畏敬の念があった。いわゆる、アジアの辺境と言われる地域には、まだそうした風習の名残りがあり、名古はまるで自らの遺失物を取り返すかのように、その思いの丈を故郷知井を思う心へと転位させていったのではないか。この時期、名古は地域交流の深まりを願って、詩誌「知井」を創刊するなど、地域活動も活発化している。

詩集『消しゴムのような夕日』。タイトル・ポエムは、希望／絶望、生／死、永遠／刹那、日常／非日常の二項が言語的に統一的止揚されている。そこでの中心は、すべての事柄を認知し、一日の汚れを洗い流してくれる夕日である。この詩集のテーマは、そこにある一日への感謝ということになろうか。たとえば地下鉄構内、一人の少女によって落とした名古の切符が拾われるが、お礼を言ってもその少女はにこりともしない。それについて名古は、その行為を「都会らしい簡素な親切」と解釈する。おそらく、ここでの少女のさりげない所作、すなわちそこでの人間関係の距離感の仕方は名古の分身である。過去に名古は、過剰な親切の被害者になったことがあったのかもしれない。
東日本大震災をモチーフとした「病む少女の予感」は、名古らしい視点で福島原発事故の悲惨な事故を書いている。

少女の本能的な予感は／自分でさえ気味悪く／目に見えない放射能汚染に／自分の死を思う／お爺さんは／昔の／火や水の話をしてくれる

この詩の少女は病んでいて、その不気味な光がどんな意味をもつかを予感していた。病む人間だからこそ見えていて、健常者には危機意識がないことが多い。現在日本は特定秘密保護法を契機に集団的自衛権、平和憲法改正によって軍国主義化しようとしている。その本質が見えているのだろうか。おそらく何も日々の暮らしに影響が出なければ、そんな危機を人は察知することはしない。そこで必要なのは、名古のいう「昔の／火や水の話をしてくれる」お爺さんという象徴的存在である。名古は別の作品で、「戦争をし／原爆を投下され／地獄を知った国が／原発を五十四基もつくり／なお増やそうとしていた」と日本政府の原発政策を糾弾している。二〇一三年五月、京都画廊の「平和を願う女性たちの絵」展に日本画三十号を出品するなど、その平和活動と、旺盛な芸術精神は止まることを知らない。さらなる健筆を願って、ここでひとまず筆をおきたい。

名古きよえ年譜

一九三五年（昭和十年）　当歳
京都府南丹市美山町（旧知井村）宇河内谷、父勘治郎、母マスの三女として生れる。姉二人、兄一人。
歩き始めた頃より昼間だけ母の実家に預けられる。
祖父母の家も従兄が五人いた。
一九三八年（昭和十三年）　三歳
二月　弟武男生れる。
一九四一年（昭和十六年）　六歳
知井小学校に入学する。十二月太平洋戦争が始まる。
一九四二年（昭和十七年）　七歳
七月　弟忠行生れる。
村の青年が次々に戦場へ出征した。
父は役場に収入役として三期務める。傍ら山の植林に精を出す。また漢詩に親しみ朗詠していた。
一九四三年（昭和十八年）　八歳
従兄嘉吉も出征する。我が家に立ち寄り別れを惜しむ。伯父夫婦の一人息子だった。
一九四四年（昭和十九年）　九歳
疎開児童が来る。一クラス五十人になる。
一九四五年（昭和二十年）　十歳
広島・長崎に原爆が投下された惨状を伝え聞く。
従兄嘉吉の戦死を知らされる。
八月十五日　父は座敷の縁側で終戦の玉音放送を村の何人かと聞いた。
一九四七年（昭和二十二年）　十二歳
知井中学校へ入学。バレーボールの練習に励む。
中田久一先生に俳句を学ぶ。
二年生の冬、進学できない同集落の男子が荒れ、衝撃を受けて短編を二作書く。英語の教師に褒められ文学に興味を持つ。図書室で永井隆の「長崎の鐘」に感動し、以後平和を意識するようになる。
一九五〇年（昭和二十五年）　十五歳
父、高校進学に反対。冬の農閑期中父に懇願して晴れて府立北桑田高校に入学。有山寮で生活する。

バレーボールの選手として京都市へ試合に行く。
高乗校長の主催で歌会に参加し、短歌を作る。
高校二年の時、急性アレルギーになり六ヵ月休校。
一九五三年（昭和二十八年）　十八歳
京都女子大学文学部国文科に入学。東山七条の女子寮へ父が送ってくれる。
七月　姉八重子の夫が急死。寮から姉の家に下宿を変えて朝夕は四歳の甥と一歳の姪の世話をする。
父、冬は座敷に籠り、ひたすら過去の随筆、家の歴史等を整理する。
一九五四年（昭和二十九年）　十九歳
父、山で怪我。歩行困難となり府立大学付属病院に入院。母と交代で看病する。
一九五五年（昭和三十年）　二十歳
父、逝去。五十九歳。
一九五七年（昭和三十二年）　二十二歳
卒論「歌合わせについて」三月、京都女子大学を卒業。
中京区堺町通二条上ル「趣味の会」に就職（秘書）。日本各地の民芸品に接することが出来た。創作がしたいため一年余で退職。
一九五八年（昭和三十三年）　二十三歳
東山区知恩院内の「児童芸術研究所」に勤務。事務をしながら高橋良和先生に創作童話を見てもらう。
一九六〇年（昭和三十五年）　二十五歳
三月　樋口良一（裁判所書記官）と結婚し太秦帷子ノ辻に住む。
一九六一年（昭和三十六年）　二十六歳
二月　長男裕生れる。「児童芸術研究所」を退所する。
夫病気（結核）で宇多野病院に一年間入院するが後一年間自宅療養で出勤を許され、以後定年まで京都地方裁判所に勤務する。
一九六三年（昭和三十八年）　二十八歳
三月　長女佐智代生れる。
一九七一年（昭和四十六年）　三十六歳
橋本印刷より請われて入社する。プリンティングデザイナーとして編集及び作図に携わる。

一九七七年（昭和五十二年）　四十二歳
多忙のため童話を書くことを断念し、十年余り離れていた詩に誘われる。
すぐに京都市勤労者学園「詩の教室」（夜）に出席する。天野忠、大野新、高野仁昭、児玉実用、依田義賢、片桐ユズル氏に指導を受ける。
一九七八年（昭和五十三年）　四十三歳
太秦帷子ノ辻から北区上賀茂へ転居する。
七月「あかんたれ詩団」に入会、後に「点灯鬼」と改名する。
一九八一年（昭和五十六年）　四十六歳
片桐ユズル氏とケネス・レクルロス氏、京都で交流、ケネス・レクルロス賞が設けられる。
詩入選（茨木のり子選）。
一九八二年（昭和五十七年）　四十七歳
四月二十日　詩集『てんとう虫の日曜日』発行、朝日新聞に掲載される。
ケネス・レクルロス賞詩入選（白石かずこ選）。
近江詩人会に入会する。
一九八三年（昭和五十八年）　四十八歳
京都市文化祭詩の部で佳作入選、作品「雫」。
詩誌「あきくさ」に参加する。十六号で終刊。
一九八五年（昭和六十年）　五十歳
九月十日　詩集『蓬の中で』発行。
一九八六年（昭和六十一年）　五十一歳
京都市文化祭詩の部で努力賞、作品「雨のあと」。
一九八九年（昭和六十四年―平成一年）　五十四歳
平成一年　詩の朗読会「詩と音の会」を主宰する（第一回会場は京都教育会館）。
一九九一年（平成三年）　五十六歳
京都市立美術館主催・春秋日本画講座に出席し、京都市立芸術大学教授、木下章氏に日本画を学ぶ。
一九九三年（平成五年）　五十八歳
七月　橋本印刷を退職する。
長岡京市高度職業訓練・デザインプロセスで学ぶ。
後に長岡京市の「彩画会」に入会し日本画を続ける。

一九九四年（平成六年）　五十九歳
三月三十日　詩集『窓べの苺苗』発行。
一九九五年（平成七年）　六十歳
十一月　秋谷豊氏主宰「地球」へ入会する。
一九九六年（平成八年）　六十一歳
前橋にて第十六回世界詩人会議に出席する。
一九九七年（平成九年）　六十二歳
日本詩人クラブへ入会する。
母逝去する。九十二歳。
一九九八年（平成十年）　六十三歳
十月　世界の童謡誌「こだま」に作品を出す。
「ぎんなん」島田陽子主宰に入会（二十四号より）。
一九九九年（平成十一年）　六十四歳
八月　秋谷豊氏「地球」からモンゴル（アジア詩人会議）に参加する。草原で詩を朗読する。以後アジア詩人会議に韓国、西安を始めシルクロードを旅し、アジア詩人会議と詩の朗読に参加をする。
「日・ネパール詩の交流」の記事を京都新聞に掲載。

二〇〇一年（平成十三年）　六十六歳
六月二十日　詩集『目的地』発行。
二〇〇二年（平成十四年）　六十七歳
十一月　詩誌「柵」入会する。
二〇〇三年（平成十五年）　六十八歳
日本ペンクラブへ入会。
日本文藝家協会へ入会。
東京都港区北青山ギャラリー・コンセプト21で第一回個展をする（三月十九日〜二十四日）。
故郷の美山町民俗資料館にて詩画展を開催する（四月二十二日〜二十七日）。
五月　「山脈の会」に入会、屋久島の山尾三省氏宅を訪問。
二〇〇四年（平成十六年）　六十九歳
五月十八日〜二十一日　「柵」と韓国の「竹筍」の合同詩画展で大邱へ行く。MEC放送局一階で展示、翌日テレビ放送。
五月二十二日　関西詩人協会主催の「日・仏国際交流

の午後」京都市北文化会館で開催、実行委員。

十月　富士霊園「文学者の墓」に生前手続きをする。

十一月　白川静氏（九十四歳）の文字講話を受ける。

カンヌ国際芸術祭に「思い出」二十号を出展、コートダジュール国際芸術賞。

二〇〇五年（平成十七年）　七十歳
『二〇〇五　名古きよえ詩画集』発行。

五月二十日　山村は過疎のため、交流を願って個人誌「知井」を創刊する。

二〇〇六年（平成十八年）　七十一歳
六月　京都の詩誌「ラビーン」に入会を推薦される。

関西詩人協会運営委員（会計）六年間。

二〇〇八年（平成二十年）　七十三歳
十一月　「詩と音の会」第十九回、「厚凛」にて開催。

二〇〇九年（平成二十一年）　七十四歳
十二月十日　詩集『水源の日』発行。故郷の「北桑時報」に詩、数篇を続けて掲載。

二〇一〇年（平成二十二年）　七十五歳
『二〇一〇　名古きよえ詩画集』発行。

東京都港区北青山ギャラリー・コンセプト21で第二回日本画個展をする。

二〇一一年（平成二十三年）　七十六歳
三・一一　東日本大震災復興祈願展（盛岡市民会館）に日本画「愛郷」十五号を出す。

四月二十八日　エッセー集『京都・お婆さんのいる風景』発行。

詩と童謡誌「ぎんなん」は主宰者、島田陽子氏の逝去により廃刊、新企画で「こすもす」を創刊、（主宰者、畑中圭一氏）に参加する。

六月　「詩と音の会」第二十回「大聖寺門跡」にて開催する。

十月　京都国民文祭「現代詩」実行委員。詩朗読。

十一月　日本現代詩人会に入会する。

二〇一二年（平成二十四年）　七十七歳
一月十五日　詩集『消しゴムのような夕日』発行。

二月一日～八日まで日本詩人クラブ「日・印詩の交流

会」（タゴール百五十年祭）で、詩聖タゴールの家や大学を見学し、詩人会議、朗読会に参加する。
十二月　個人誌「知井」十五号を発行する。

二〇一三年（平成二十五年）　七十八歳
大阪で「風」の会、第四百四十回ゲストとして、詩集『消しゴムのような夕日』から十篇を朗読する。
五月七日～十日　京都画廊にて「平和を願う女性たちの絵」展に日本画三十号を出す。「磨かれる」セレモニーで詩を朗読「窓を開ける」。
七月四日　西宮で童謡「こすもす」より「草の花」が、こころの芽コンサートで作曲、演奏される。
十月　パリ平和芸術祭に「風の彩り」三十号を出す。
童謡三篇を神戸の音楽家が作曲、演奏（福島慰安の演奏会）。

現住所　〒六〇三―八〇四二
京都市北区上賀茂狭間町一七―一七

新・日本現代詩文庫 116 名古《なこ》きよえ詩集

発 行 二〇一四年六月十日 初版
著 者 名古きよえ
装 幀 森本良成
発行者 高木祐子
発行所 土曜美術社出版販売
〒162-0813 東京都新宿区東五軒町三―一〇
電 話 〇三―五二二九―〇七三〇
FAX 〇三―五二二九―〇七三二
振 替 〇〇一六〇―九―七五六九〇九
印刷・製本 モリモト印刷
ISBN978-4-8120-2144-6 C0192

新・日本現代詩文庫

土曜美術社出版販売

1 中原道夫詩集
2 坂本明子詩集
3 高橋英司詩集
4 前原正治詩集
5 三田洋詩集
6 本多寿詩集
7 小島禄琅詩集
8 新編菊田守詩集
9 出海溪也詩集
10 柴崎聰詩集
11 相馬大詩集
12 桜井哲夫詩集
13 新編島田陽子詩集
14 新編真壁仁詩集
15 南邦和詩集
16 星雅彦詩集
17 井之川巨詩集
18 新々木島始詩集
19 小川アンナ詩集
20 新編井口克己詩集
21 新編滝口雅子詩集
22 谷 敬詩集
23 福井久子詩集
24 森ちふく詩集
25 しま・ようこ詩集
26 腰原哲朗詩集
27 金光洋一郎詩集
28 松田幸雄詩集
29 谷口謙詩集
30 和田文雄詩集
31 新編高田敏子詩集
32 皆木信昭詩集
33 千葉龍詩集
34 新編佐久間隆史詩集
35 長津功三良詩集
36 鈴木亨詩集
37 埋田昇二詩集
38 川村慶子詩集
39 新編大井康暢詩集
40 米田栄作詩集
41 池田瑛子詩集
42 遠藤恒吉詩集
43 五喜田正巳詩集
44 森常治詩集
45 和田英子詩集
46 伊勢田史郎詩集
47 鈴木満詩集
48 曽根ヨシ詩集
49 成田敦詩集
50 ワシオ・トシヒコ詩集
51 高田太郎詩集
52 大塚欽一詩集
53 香川紘子詩集
54 井元霧彦詩集
55 高橋次夫詩集
56 上手宰詩集
57 網谷厚子詩集
58 門田照子詩集
59 水野ひかる詩集
60 丸本明子詩集
61 村永美和子詩集
62 藤坂信子詩集
63 門林岩雄詩集
64 新編原民喜詩集
65 新編濱口國雄詩集
66 日塔聰詩集
67 武田弘子詩集
68 大石規子詩集
69 吉川仁詩集
70 尾世川正明詩集
71 岡隆夫詩集
72 野仲美弥子詩集
73 葛西洌詩集
74 只松千恵子詩集
75 鈴木哲雄詩集
76 桜井さざえ詩集
77 森野満之詩集
78 坂本つや子詩集
79 川原よしひさ詩集
80 前田新詩集
81 石黒忠詩集
82 壺阪輝代詩集
83 若山紀子詩集
84 香山雅代詩集
85 古田豊治詩集
86 福原恒雄詩集
87 黛元男詩集
88 山下静男詩集
89 赤松徳治詩集
90 梶原禮之詩集
91 前川幸雄詩集 解説 吉田精一・西岡光秋
92 なべくらますみ集 解説 佐川亜紀・和田文雄
93 津金充詩集 解説 松本恭輔・森田進
94 中村泰三詩集 解説 宮澤章二・野田順子
95 和田攻詩集 解説 稲葉嘉和・森田進
96 藤井雅人詩集 解説 菊田守・瀬崎祐
97 馬場晴世詩集 解説 久宗睦子・中村不二夫
98 鈴木孝詩集 解説 野村喜和夫・長谷川龍生
99 久宗睦子詩集 解説 伊藤桂一・野仲美弥子
100 水野るり子詩集 解説 尾世川正明・相沢正一郎
101 岡三沙子詩集 解説 金子秀夫・鈴木比佐雄
102 星野元一詩集 解説 鈴木漠・小柳玲子
103 清水茂詩集 解説 北岡淳子・川中子義勝
104 山本美代子詩集 解説 安水稔和・伊勢田史郎
105 武西良和詩集 解説 細見和之
106 竹川弘太郎詩集 解説 暮尾淳
107 酒井力詩集 解説 鈴木比佐雄・宮沢肇
108 一色真理詩集 解説 伊藤浩子
109 郷原宏詩集 解説 荒川洋治
110 永井ますみ詩集 解説 有馬敲・石橋美紀
111 阿部堅磐詩集 解説 里中智沙・中村不二夫
112 新編石原武詩集 解説 秋谷豊・中村不二夫
113 長島三芳詩集 解説 平林敏彦・禿慶子
114 柏木恵美子詩集 解説 高山利三郎・比留間一成
115 近江正人詩集 解説 高橋英司・万里小路譲
116 名古きよえ詩集 解説 中原道夫・中村不二夫

〈以下続刊〉

新編石川逸子詩集 解説 小松弘愛・佐川亜紀
佐藤真里子詩集 解説 小笠原茂介
河井洋詩集 解説 古賀博文・永井ますみ

◆定価（本体1400円＋税）